Le neuvième roman épique de

DAV PILKEY

Texte français d'Isabelle Allard

Éditions
SCHOLASTIC

Avis aux parents et enseignants
Les fôtes d'ortograf
dans les BD de Georges et Harold
son vous lues.

Catalogage avant publication de Bibliothèque et Archives Canada

Pilkey, Dav, 1966-
Capitaine Bobette et le terrifiant retour de Fifi Ti-Père /
Dav Pilkey ; traductrice, Isabelle Allard.

Traduction de: Captain Underpants and the terrifying return of
Tippy Tinkletrousers.

ISBN 978-1-4431-2535-2

I. Allard, Isabelle II. Titre.

PZ23.P5565Capit 2013 j813'.54 C2012-906231-6

Édition publiée par les Éditions Scholastic,
604, rue King Ouest, Toronto (Ontario) M5V 1E1

5 4 3 2 1 Imprimé au Canada 121 13 14 15 16 17

POUR AARON MANCINI

TABLE DES MATIÈRES

Salut! La dernière fois qu'on s'est vus, nous allions en prison pour le reste de notre vie. Puis quelque chose de PIRE est arrivé.
Lis cette BD pour savoir ce qui s'est produit jusqu'ici...

L'HISTOIRE TOP SECRÈTE DU CAPITAINE BOBETTE

par
Georges Barnabé
et Harold Hébert

Il était autrefois deux p'tits gars super apelés Georges et Harold.

On est les meilleurs!

Moi aussi!

Ils avaient un méchant directeur nommé M. Bougon.

Bla bla bla etc.

Alorre, ils l'ont hynoppetizé.

Tu vas nous obéir.

Tu es mintenant le capitaine Bobette!

M. Bougon pensait vraiment qu'il ÉTAIT le capitaine Bobette...

Tra-la-laaaa!

...et il a eu bocou de problèmes!!!

Une autre fois, il a presqueté mangé par des toilettes parlantes...
Miam miam manger!

... et Georges et Harold l'ont encore sauvé!!!
Mangez ça!
bouffe de cafétéria

Je suis un héros!

Une autre fois, de vilains zombies l'ont ataké.

Le capitaine Bobette a bu du jus superpouvoirs.

Et il a eu des superpouvoirs!

Puis il a sauvé Georges et Harold. Il était temps!

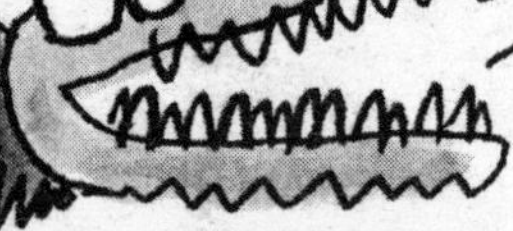

Et le pire dans tout ça...
Chaque fois que M. Bougon entend quelqu'un claquer des doigts...
BLa BLa BLa
Il se transforme en capitaine Bobette!
La-Laaa!
pitaine
reçoit
eau sur la tête...
floc
Il redevient M. Bougon
BLa BLa BLa!!!!!

Alors, surtout, ne claque jamais des doigts devant M. Bougon!!!
C'est sérieux!
Tu ne dois pas quécla des doigts.
verlan
Et si
sauver le monde,
paf!
surtout pas!!!
Les éditions de l'arbre inc.

CHAPITRE 1

GEORGES ET HAROLD

Voici Georges Barnabé et Harold Hébert. Georges, c'est le squelette de droite avec une cravate et les cheveux en brosse. Harold, c'est le squelette aux cheveux fous à gauche, qui porte un t-shirt. Souviens-toi de tout ça.

À la fin de leur dernière aventure, Georges et Harold s'en allaient en prison. La police avait découvert des photos de surveillance qui les montraient en train de dévaliser une banque avec le capitaine Bobette. Bien sûr, nous savons tous que Georges, Harold et le capitaine Bobette étaient innocents et que les coupables étaient leurs *vilains sosies*. Mais les policiers ne s'étaient pas donné la peine de lire le dernier livre, alors ils ne le savaient pas.

Ils savaient seulement que Georges et Harold *ressemblaient* aux deux gars sur les photos. Ils ont crié : « PAS UN GESTE! » Puis ils ont arrêté les deux amis et les ont informés de leur terrible destin.

Tout à coup, un pantalon robotique géant est apparu de nulle part. Le terrifiant Fifi Ti-Père est sorti de la fermeture éclair, a frappé les policiers de son faisceau paralyseur…

… et a chassé Georges et Harold (et leurs animaux, Biscotte et Sulu) vers les profondeurs insondables du coin inférieur droit de la page 17.

Si tu as lu notre dernier roman épique, tu sais que c'est ainsi que l'histoire s'est terminée. Mais ce n'est pas comme ça qu'elle était *censée* finir.

Tu vois, Fifi et son pantalon robotique à faisceau paralyseur n'étaient pas censés être là. Ils étaient venus du futur et avaient impoliment interrompu ce qui était *censé* arriver.

Malheureusement pour Fifi, son renvoi dans le passé allait se révéler être une terrible erreur. Une erreur qui mènerait à la destruction de notre planète entière, plus ou moins.

Mais avant de raconter cette histoire-là, je dois raconter *celle-ci*…

CHAPITRE 2

LE PARADOXE DE LA TARTE À LA BANANE

Les machines à voyager dans le temps sont super. C'est certain. Mais elles peuvent être très dangereuses. Une personne peut reculer dans le temps et transformer accidentellement une petite chose — et cette minuscule petite chose peut affecter profondément le futur. C'est ce que les scientifiques appellent le *paradoxe de la tarte à la banane.*

PARADOXE DE LA TARTE À LA BANANE

SUIS CES ILLUSTRATIONS PRATICO-PRATIQUES :

Imagine, s'il te plaît, qu'un savant de 2020 fait une tarte à la banane avec des bananes qu'il a cueillies dans son propre bananier.

Suppose maintenant que le savant entre avec sa tarte dans une machine à remonter le temps qui le transporte (avec sa tarte) en 1936.

Imagine qu'en sortant de la machine, le savant trébuche et envoie sa tarte dans la face d'une dame à une réception en plein air.

Suppose que la dame se lève, fâchée, essuie la crème gluante sur son visage et la lance au savant.

Le savant se penche...

... et la crème à la banane va s'écraser dans la face d'un monsieur près de là.

Une serveuse rit
du monsieur en le
pointant du doigt.

Le monsieur, furieux,
essuie la crème sur sa
figure...

... et en barbouille le
visage de la serveuse.

— Je n'ai jamais été aussi insultée de ma vie! dit la serveuse.

— Tu ne sors pas souvent! se moque un gros chauve.

— Mêle-toi donc de tes affaires! intervient un autre type...

... en enfonçant ses doigts dans les yeux du gros chauve.

Le gros chauve tombe à la renverse et atterrit sur le bananier du savant (qui n'était qu'un arbrisseau en 1936).

Le jeune bananier se brise en deux et meurt.

Bon, si le bananier du savant est mort en 1936, il ne pourra jamais pousser et donner des bananes.

Donc, le savant n'aura pas le principal ingrédient pour faire sa tarte à la banane en 2020.

Par conséquent, la tarte à la banane ne pourra pas exister.

DIS-LE DONC À TOUS CES GENS!

De nombreux scientifiques ont réfléchi durant des siècles au paradoxe de la tarte à la banane, et sont arrivés à la conclusion que les gens doivent être très, très, très, TRÈS, *TRÈS* prudents quand ils utilisent une machine à voyager dans le temps. Parce qu'un simple changement dans le passé peut affecter le futur... et même détruire la planète entière.

CHAPITRE 3

LA VÉRITABLE FIN DE NOTRE DERNIÈRE AVENTURE

Comme nous l'avons vu au chapitre 1, Georges et Harold s'en allaient en prison quand Fifi Ti-Père a remonté le temps et a modifié le cours de l'histoire. Mais que se serait-il produit s'il n'était pas arrivé? Qu'était-il *censé* arriver (avant que Fifi ne les interrompe aussi impoliment)? Eh bien, installe-toi confortablement, car tu es sur le point de le découvrir!

Le chef de police et son bras droit, l'agent Labeigne, passent les menottes aux garçons et les font entrer dans la voiture de police.

— Vous vous trompez de suspects! s'écrie Harold. Nous n'avons pas volé cette banque!

— C'est vrai, dit Georges. La banque a été dévalisée par nos vilains sosies dans un univers parallèle!

— Ouais, c'est ça, dit l'agent Labeigne. Je serais riche si on me donnait un cinq sous chaque fois que j'entends *cette* excuse-là!

En se rendant à la prison, les policiers voient M. Bougon qui ramasse du papier hygiénique détrempé sur son terrain.

— Hé! crie le chef de police. C'est le gars qui a volé la banque avec ces gamins!

— Arrêtons-le! crie l'agent Labeigne.

Le Journal d'ici et là

COUPABLES

Le procès du siècle a pris fin aujourd'hui avec un verdict de culpabilité rendu par le juge Justin Labarre. Le directeur d'école Abélard Bougon a été condamné à dix ans de prison pour avoir organisé le vol de la banque du Fric il y a près d'un an. Deux jeunes garçons, tous deux élèves du primaire, ont aussi été condamnés à passer dix ans au Centre de détention juvénile Lepiquet en tant que complices.

Bien que tout l'argent dérobé ait été retrouvé le jour même du vol, le juge a décidé d'être un gros méchant et de faire un exemple de l'ancien directeur d'école primaire et de ses deux élèves.

Lorsqu'on lui a demandé de commenter cette peine exceptionnellement sévère, Georges Barnabé, 10 ans et ¾, a déclaré : « Ah, zut. » Le complice de Georges, Harold Hébert, âgé de 11 ans, a ajouté : « Ce n'est pas juste. »

Ce verdict de culpabilité vient conclure le scandale qui a fait sensation à travers le monde, a fait la une de tous les journaux et a interrompu le flot narratif de ce livre avec un journal maladroitement dessiné qui contient un tas de mots ridiculement petits.

Le docteur Lavoie-Pabien, président du Comité de Revendication pour Éliminer les Textes Illisibles et Nuisibles (C.R.É.T.I.N), a précisé que les illustrations contenant des pétits mots pouvaient causer une fatigue oculaire entraînant des céphalées, des nausées et des acronymes ridicules.

De nombreux témoins ont été entendus au cours du procès, dont Louis Labrecque, un camarade de classe des jeunes accusés. Le témoignage détaillé, interminable et soporifique de Louis a décrit le comportement irresponsable et irrespectueux des deux garçons à son égard. Il a conclu son témoignage haineux de trois jours en tirant la langue à MM. Barnabé et Hébert, et en chantonnant d'un air moqueur :

« Naaa-na-na-naaa, na! »

Parmi les autres témoins, notons Dr Couche, prisonnier du pénitencier et ancien prof de sciences, Albert Barnicle, résident de la Maison de repos Zinzin pour personnes déconnectées de la réalité, et un petit groupe de parents du Nouveau-Brunswick, de l'Alberta, de la Colombie-Britannique... (lisez la suite aux pages 2-49)

Les policiers freinent brusquement, saisissent M. Bougon, le menottent et le jettent sur le siège arrière, à côté de Georges et Harold.

Au terme de leur procès qui dure près d'un an, ils sont tous les trois déclarés coupables et condamnés à dix ans d'incarcération. Si cette peine exceptionnellement sévère est difficile pour Georges et Harold, elle est TRÈS pénible pour M. Bougon!

CHAPITRE 4

LA VIE EN TAULE

Pauvre M. Bougon. Il est enfermé à la prison Lepiquet depuis des mois, et la vie de prisonnier ne lui réussit pas du tout. Il se fait donner des ordres à longueur de journée. Il mange des repas peu nutritifs au goût horrible dans une cafétéria malpropre. Il se fait intimider par des brutes débiles et il passe son temps à faire des travaux sans intérêt dans un atelier de misère surpeuplé et mal aéré.

M. Bougon se fait dire quand manger, quand lire et quand faire de l'exercice. Il doit même demander la permission pour aller aux toilettes! Il est constamment victime de fouilles arbitraires, de détecteurs de métal, de caméras de surveillance, de règlements inutiles, d'abus disciplinaires et de produits chimiques visant à rendre tout le monde docile et obéissant. Ça ressemble beaucoup à la vie d'un élève de l'école Jérôme-Hébert, sauf que la prison a un meilleur financement.

Par un morne après-midi d'automne, M. Bougon se promène dans la cour de la prison en grommelant. Au centre de la cour, une immense bâche verte dissimule un objet de grande taille qui se fait ériger en l'honneur du dixième anniversaire de la prison Lepiquet. Tout le monde pense qu'il s'agit d'une statue quelconque, mais comme personne n'a vu ce projet top-secret (même pas le directeur de la prison), nul ne sait *exactement* ce que c'est.

— J'en ai ma claque de cet endroit, marmonne M. Bougon. Tout le monde me dit toujours quoi faire! Si *UNE PERSONNE DE PLUS* me donne un ordre, je crois que je vais devenir *FOU*!

— Hé, le gros! crie un petit prisonnier qui travaille sous la bâche verte. Donne-moi ce marteau!

Furieux, M. Bougon crie en serrant les poings :

— TU NE PEUX PAS ME DIRE QUOI FAIRE! TU ES UN PRISONNIER COMME MOI!

— Je suis *loin* d'être comme toi! réplique le petit prisonnier.

Il s'agit de Fifi Ti-Père, qui purge une peine de huit ans pour avoir tenté de conquérir la planète dans le but d'asservir les Terriens.

M. Bougon remonte ses manches trempées de sueur et s'avance vers le minuscule prisonnier.

Il le toise de haut en bas. Fifi le toise de bas en haut.

— Hé! s'exclame M. Bougon. On ne s'est pas déjà vus quelque part?

— Je crois bien! dit Fifi. Mais je ne me rappelle pas où...

Les deux hommes se tournent autour en se dévisageant.

— En tout cas, peu importe qui tu es, dit M. Bougon, tu n'as pas le droit de me donner des ordres.

— Tu sauras que je NE suis PAS un prisonnier ordinaire, dit Fifi. Je suis un artiiiiiiste! J'ai été *choisi* pour construire un robo— heu, je veux dire une *statue* du directeur Kachaud.

Tout à coup, un petit homme rondelet sort sa tête bulbeuse parsemée de pellicules hors de la bâche verte.

— Quelqu'un a dit mon nom? demande-il d'un ton excité.

C'est le directeur Karlo K. Kachaud, geôlier en chef de la prison Lepiquet. Il est célèbre pour sa cruauté et son inflexibilité. Il a déjà condamné un prisonnier à un an d'isolement pour une simple erreur de conjugaison.

Karlo Kachaud est sans l'ombre d'un doute l'être le plus diaboliquement méchant que quiconque ait jamais rencontré, mais ce redoutable geôlier a une faiblesse fatale : il est sensible aux compliments. Et cette faiblesse est exactement ce que Fifi a utilisé pour le convaincre de le laisser ériger une énorme statue à l'image de Karlo Kosto Kachaud, afin de commémorer le dixième anniversaire de la prison Lepiquet.

— Je me charge de tout, lui a dit Fifi au début du projet. Ce sera la statue la plus magnifique que vous ayez jamais vue!

— Vraiment? a dit le directeur Kachaud. Sera-t-elle très grande et très *flatteuse*?

— Bien sûr, a répondu Fifi.

— Merveilleux, *MERVEILLEUX*! Quand les travaux pourront-ils commencer?

— Dès que j'aurai mes outils et mon matériel, a dit Fifi en lui tendant une liste.

— Hé! s'est exclamé Karlo Kachaud en regardant la liste. Pourquoi ces fournitures viennent-elles toutes du magasin Au Savant Fou? Pourquoi faut-il un *Inhibiteur de sossilflange émulsifiant*? Et quelle sorte de sculpteur utilise un *Tracto-fractionnalisateur inversement somgobulisant*?

— Je ne vous dis pas comment gérer votre prison, a dit Fifi, alors ne me dites pas comment bâtir ma statue!

— Bon ça va, ça va! a répondu M. Kachaud.

CHAPITRE 5

L'INAUGURATION

Un soir frisquet de la fin octobre, toute la prison bâille d'excitation. Les prisonniers sont rassemblés dans les gradins sous un ciel dégagé, au clair de lune, pendant que l'orchestre de la prison joue une version lente, respectueuse et très émouvante de la chanson *Les portes du pénitencier*.

Une fois que tout le monde a séché ses larmes, le directeur Karlo Kosto Kachaud monte sur le podium pour se féliciter lui-même. Il se vante fièrement de sa grande humilité, avoue sa profonde haine des gens intolérants et parle pendant des heures de sa concision légendaire.

Puis c'est le moment de vérité. La statue de Fifi Ti-Père est enfin prête à être dévoilée.

D'un air théâtral, Fifi traverse fièrement la cour et saisit un coin de la bâche verte géante.

— Messieurs et messieurs, annonce-t-il. C'est avec un grand plaisir que je vais... déguerpir d'ici!

Il tire sur la bâche et dévoile sa création.

— *Hé!* crie le directeur Kachaud. Cette statue n'a pas de tête!

— Ce n'est pas une statue! réplique Fifi en gravissant une grande échelle jusqu'à la cabine de pilotage située au sommet. C'est une combinaison robotique géante! Quand je me serai évadé de cette horrible prison, je mettrai fin à cette calamité inepte qu'est le capitaine Bobette!

Fifi se faufile à l'intérieur de la minuscule cabine et met les moteurs en marche. L'engin colossal prend vie. Sa puissante poitrine se gonfle et ses gigantesques bras de gorille se balancent d'un air menaçant.

— SONNEZ L'ALARME! crie le directeur Kachaud. ARRÊTEZ CET HOMME!

Des gardiens armés courent dans tous les sens, les sirènes hurlent et les prisonniers poussent des cris d'effroi. D'énormes projecteurs balaient le ciel pendant que le monstre métallique fait ses premiers pas tonitruants vers la liberté.

Tout à coup, Fifi s'arrête et réfléchit un instant.

— Hé! Je sais où j'ai vu ce type! dit-il.

Il scrute la foule de prisonniers jusqu'à ce qu'il trouve celui qu'il cherche.

La main géante du Combi-Robo s'avance et soulève M. Bougon.

— Je SAVAIS que je t'avais vu quelque part! dit Fifi. Tu es le directeur de l'école que j'ai rétrécie l'an dernier!

— Ah ouiiiiii! dit M. Bougon. Ça me revient, maintenant! Tu es le *professeur K. K. Prout*!

— MON NOM N'EST PAS K.K. PROUT! hurle le vilain méchant. C'était un nom ridicule. Je l'ai changé pour Fifi Ti-Père.

— Oh, c'est *beaucoup* mieux! dit M. Bougon d'un ton sarcastique.

Fifi lui lance un regard furieux.

— Je vais ignorer ton *effronterie* à une condition. Dis-moi où je peux trouver Georges Barnabé et Harold Hébert.

— Georges et Harold? demande M. Bougon, suspendu de façon précaire aux doigts robotiques géants. Que leur veux-tu?

— Ces gamins ont quelque chose à voir avec le capitaine Bobette. Je les ai vus ensemble. Ils se connaissent, *c'est certain*!

— Eh bien, ils devraient être faciles à trouver, dit M. Bougon. Ils sont emprisonnés au Centre de détention juvénile!

— Ils sont au Piquet, hein? dit Fifi avec un rictus sinistre. Alors, c'est *là* que *nous* allons!

Fifi serre M. Bougon dans son poing robotique et avance d'un pas lourd, écrasant la tour de guet blindée et pulvérisant le bloc de cellules B.

— Pas un geste ou on tire! crient les gardiens.

— Non, c'est MOI qui tire et c'est VOUS qui ne bougez pas! riposte Fifi en appuyant sur un bouton du tableau de bord de la combinaison.

Une porte s'ouvre et une arme laser surgit des entrailles mécaniques du Combi-Robo. Son faisceau paralyseur transforme les gardiens armés en statues glacées.

— QU'AS-TU FAIT LÀ? crie M. Bougon sur un ton hystérique.

— Calme-toi, dit Fifi. C'est juste mon Paralyseur 4000. Il gèle temporairement tout ce qu'il touche, aussi longtemps que je le veux. Ces gardiens vont fondre dans environ dix minutes, et tout ira bien.

Le monstre mécanique traverse le stationnement de la prison en écrasant les autobus et les voitures, puis se dirige vers le centre de détention juvénile Lepiquet.

— Je ne comprends pas, dit M. Bougon. Pourquoi tiens-tu à trouver le capitaine Bobette?

— Ce superhéros ridicule a fait échouer mon plan pour conquérir la planète et réduire les Terriens en esclavage! crie Fifi. C'est à cause de lui que j'étais en prison!

— Tout le monde sait ça, dit M. Bougon. Mais qu'est-ce qui l'empêchera de te terrasser de nouveau?

— Oh, ne tracasse pas ta petite tête dégoulinante pour ça, dit Fifi. J'ai quelques trucs en tête, *cette fois-ci*!

CHAPITRE 6

CAPITAINE BOBETTE À LA RESCOUSSE

Pendant ce temps-là, à l'autre bout de la ville, au Centre de détention juvénile Lepiquet, Georges et Harold se préparent à aller se coucher.

— Tu sais, dit Georges, ça ne me dérange pas tellement d'être ici.

— Moi non plus, dit Harold. Ce n'est pas très différent de notre école... sauf qu'il y a des livres de bibliothèque, ici.

— Et un prof de musique.

— Oui, et un prof d'arts plastiques, ajoute Harold.

Pendant que les deux copains discutent des ressemblances entre l'école primaire et l'incarcération dans une institution pénale autoritaire et rigoureuse, ils entendent des pas tonitruants qui se rapprochent.

Bientôt, tout l'édifice se met à trembler violemment à chaque pas retentissant.

Georges et Harold courent à la fenêtre et voient le terrifiant Combi-Robo de Fifi avancer vers eux en martelant le sol et en gelant tout ce qui se trouve sur sa route.

— OH NON! crie Harold. NOUS SOMMES PERDUS!

Fifi s'arrête devant l'entrée principale du centre et demande à parler à la personne responsable. Après quelques minutes, l'administrateur du centre, le directeur Hector Dufort, se présente à la porte.

— Hum, dit le directeur Dufort. J-j-je peux vous aider?

— Avez-vous deux enfants appelés Georges Barnabé et Harold Hébert, là-dedans? crie Fifi.

— Heu, ouais, dit le directeur Dufort. Ces deux gamins sont des petites pestes. Ils font toujours des coups pendables! On ne peut pas s'asseoir sur un siège de toilette sans avoir du ketchup plein les culottes! La semaine dernière, ils ont...

— *DONNEZ-LES-MOI!* l'interrompt Fifi.

— Oh, pas de *problème,* dit le directeur Dufort en gloussant d'un air détaché.

Le directeur s'en va d'un pas léger vers la cellule de Georges et Harold. Il prend les garçons par le bras et les escorte jusqu'à la porte principale.

— Ça vous apprendra à mettre de la crème à épiler dans mon shampoing! dit-il.

Il jette les garçons dehors et verrouille la porte. Georges et Harold regardent en tremblant le Combi-Robo géant de Fifi pendant que l'inventeur fou ricane d'un air menaçant.

— Bonjour, Georges et Harold! gazouille Fifi. Vous vous souvenez de moi?

Les deux garçons sont trop terrifiés pour parler.

— Hé, Fifi, dit M. Bougon. Tu n'as plus besoin de moi, hein? Enfin, je t'ai dit où trouver ces deux garnements, pas vrai? Tu peux me laisser partir, maintenant!

— Je suppose que oui, dit Fifi.

Il dépose M. Bougon sur le sol devant Georges et Harold.

— Ha! ricane M. Bougon. Je n'aurais jamais pensé que je serais heureux de vous revoir, *vous deux*! Vous allez Y GOÛTER!

Sans réfléchir, Georges et Harold claquent des doigts.

CLAC!
CLAC!

Tout à coup, un sourire ridiculement optimiste se dessine sur le visage de M. Bougon.

— Hé! crie Fifi. Qu'est-ce qui se passe, en bas?

Ce que Georges et Harold savent, et que Fifi est sur le point de découvrir, c'est que M. Bougon se transforme en le plus grand superhéros du monde : le capitaine Bobette.

Il se débarrasse de sa combinaison de prison violette, enlève ses chaussures et jette sa moumoute trempée de sueur. Tout ce qui lui manque, c'est une cape. Il regarde autour de lui, mais ne voit rien qui puisse convenir.

— Je ne peux pas être un superhéros sans cape, dit le capitaine Bobette.

— Mais oui, voyons! rétorque Georges.

— Ouais! ajoute Harold. Vous n'avez pas besoin de cape! Sérieusement!

— Désolé, dit le capitaine Bobette, mais il faut avoir du style quand on lutte contre le crime!

Comme il n'y a pas de temps à perdre, le capitaine Bobette s'envole à la recherche d'une cape.

— Quoi? *Ce gars était le capitaine Bobette*? s'écrie Fifi.

— Tu l'as dit, *bouffi*! dit Georges.

— AAAAAH! crie Fifi. JE L'AVAIS DANS MA MAIN! J'AURAIS PU L'ÉCRASER!

De nouveau, Georges répond par l'expression la plus intelligente qui puisse s'appliquer à la situation :

— *Tu l'as dit, bouffi*!

Pendant ce temps, le capitaine Bobette a volé jusqu'au centre commercial, où se déroule la Vente Semi-annuelle du Manque d'Inspiration.

— Vite! crie le capitaine Bobette. Vendez-vous des capes de superhéros?

— Bien sûr! dit l'employé en souriant. Elles sont dans l'allée 39 entre les agendas et les chapeaux de sorcier!

— Génial! dit le capitaine Bobette.

En un rien de temps, il trouve une cape, la noue autour de son cou et s'envole dans la nuit pour affronter son ennemi mortel.

CHAPITRE 7

FIFI EN FURIE

Entre-temps, au Centre de détention juvénile Lepiquet, Fifi Ti-Père est dans tous ses états! Il saisit Georges et Harold dans ses puissantes mains robotiques et exige des réponses.

— Dites-moi tout ce que vous savez du capitaine Bobette, crie-t-il, ou je vous écrase comme deux petits bleuets!

— Heu, il est très fort, dit Georges.

— Il est très puissant, dit Harold.

— Oui, oui, dit Fifi, et quoi *d'autre?*

— *Il est juste derrière vous*! s'écrient Georges et Harold en même temps.

Fifi se retourne, mais pas assez vite. Le capitaine Bobette lui assène son poing flasque en plein dans la mâchoire.

Sous la force de l'impact, le Combi-Robo de Fifi s'envole par-dessus le centre de détention juvénile et va s'écraser sur l'un des nombreux gratte-ciel de la ville.

Georges et Harold tombent des griffes du Combi-Robo et atterrissent, sains et saufs, dans des buissons.

— Je vais te tuuuueeeeer! hurle Fifi en se relevant.

Il se précipite vers le capitaine Bobette. La porte du Combi-Robo s'ouvre et un faisceau lumineux jaillit du Paralyseur 4000 en direction du Guerrier culotté. Mais le capitaine Bobette est trop rapide. Il passe en trombe — zing! —, évitant adroitement chaque faisceau glacé qui sort des entrailles de l'infect monstre robotique.

— Hé, Fifi! lance le capitaine Bobette, tranquillement assis au sommet d'un gratte-ciel. Je suis iciiii!

Fifi se retourne brusquement et pointe le Paralyseur 4000 sur le gratte-ciel, le couvrant aussitôt d'une épaisse couche de glace. Mais le capitaine Bobette est toujours trop rapide et s'esquive juste à temps.

Le capitaine Bobette survole quelques pâtés de maisons et atteint les balançoires de la cour de récréation de l'école primaire Jérôme-Hébert. Robo-Fifi court après lui.

— You-hou! *Ti-fifi*! chantonne le capitaine Bobette en se balançant allégrement. Veux-tu me pousser?

Fifi bondit par-dessus l'école et atterrit dans le terrain de football.

Il braque son Paralyseur 4000 sur les balançoires, qui se couvrent d'une épaisse couche de glace. Encore une fois — zang! —, le capitaine Bobette s'enfuit juste à temps.

— Iciiiiii, mon p'tit Fifiiii! appelle le capitaine Bobette en s'étendant confortablement entre les pieds robotiques géants de Fifi. Je suis ici, maintenant. Donne-moi de la glace, s'il te plaît!

— *Toi, mon espèce de...* crie Fifi en se penchant.

Il projette son faisceau glacé entre ses pieds.

Évidemment, le capitaine Bobette n'est plus là quand le faisceau atteint le sol. Malheureusement pour Fifi, ses pieds robotiques sont toujours là. Ses Robo-pieds et Robo-jambes immenses sont maintenant pris dans un énorme iceberg scintillant. Il a beau tirer de toutes ses forces, sa moitié inférieure est gelée et fixée au terrain de football. Fifi est coincé.

CHAPITRE 8

DOULOUREUSE SÉPARATION

— NOOOOOON! crie Fifi.

Il baisse la tête pour entrer dans la cabine du Combi-Robo et s'engouffre dans un escalier menant aux entrailles complexes de son incroyable invention.

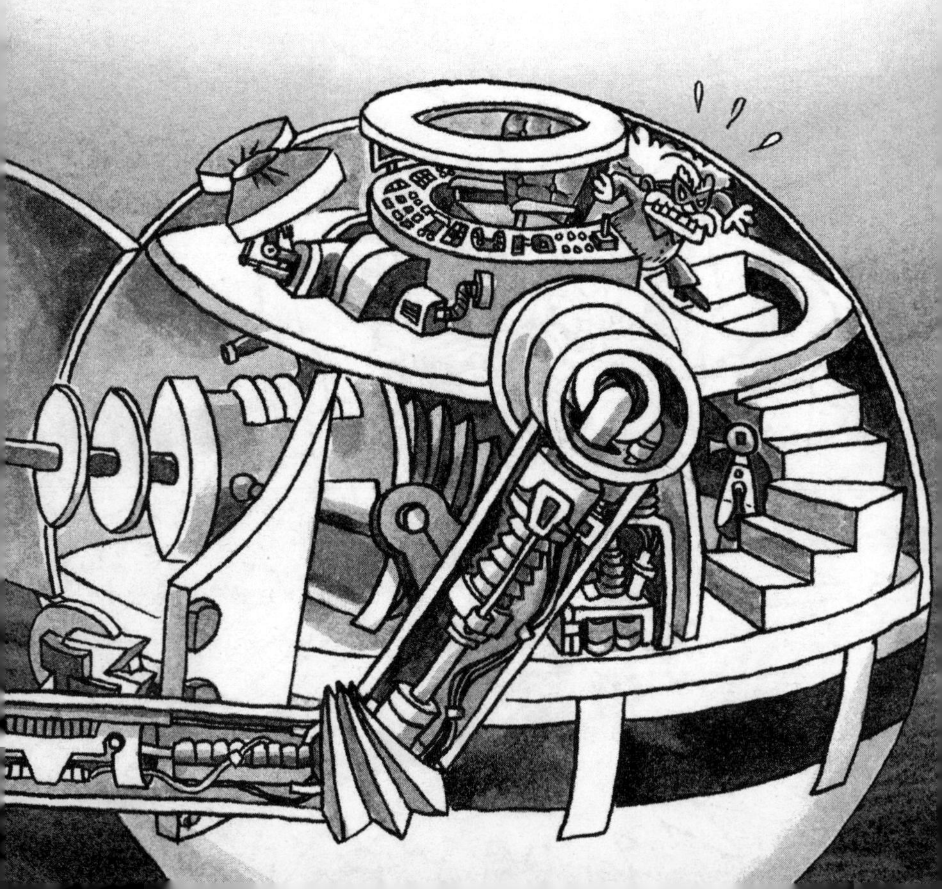

Le capitaine Bobette saisit les bras du Combi-Robo et se met à tirer. Il tire de plus en plus fort jusqu'à ce que les rivets de l'épaisse ceinture d'acier se mettent à sauter un à un. Plus il tire, plus les deux parties du Combi-Robo se séparent.

Les sons stridents du métal tordu résonnent jusqu'à l'intérieur, autour de Fifi qui descend l'escalier en train de se désintégrer. Il espère pouvoir se rendre dans la moitié inférieure du Combi-Robo avant que le capitaine Bobette ne réussisse à le détruire.

À la dernière seconde, Fifi atteint le Panta-Robo, au moment même où le Combi-Robo se sépare en deux.

— *Je n'ai pas dit mon dernier mot!* crie Fifi.

Il ferme le panneau d'urgence du Panta-Robo. Puis il ajuste son Fifi-omètre temporel à « moins 5 ans » et appuie sur le bouton « On y va! ».

Des éclairs bleuâtres jaillissent du Panta-Robo en crépitant. Les craquements sonores s'intensifient, jusqu'à ce que Fifi et son Panta-Robo soient enveloppés d'une énorme boule de foudre bleutée.

Un éclair aveuglant illumine le ciel nocturne l'espace d'une milliseconde, puis tout est fini. Fifi et son Panta-Robo ont disparu, ne laissant qu'un tas de glace derrière eux. À l'avenir, nul ne reverra l'inventeur fou et son terrifiant pantalon robotique. Toutefois, on les reverra exactement cinq ans *avant* cette nuit-là...

Mais avant de raconter cette histoire, je dois remonter *encore plus loin* dans le temps...

CHAPITRE 9

CINQ ANS, ONZE JOURS, QUATORZE HEURES ET SIX MINUTES PLUS TÔT...

Voici Harold Hébert.

Harold a six ans et vit avec sa mère et sa sœur au 1 520, rue des Pins, à Saint-Herménégilde.

Les parents d'Harold viennent de divorcer et son père a déménagé dans une autre province six mois auparavant. Cela n'a pas été facile pour Harold. Il n'en parle pas beaucoup. En fait, Harold Hébert ne parle presque pas. Il est plutôt solitaire et fait des dessins. Il fait beaucoup, beaucoup de dessins.

Harold aime dessiner des monstres et des superhéros. Les monstres qu'il crée sont méchants et féroces, et ses superhéros sont toujours braves et vertueux. Ils ne sont jamais loin quand on a besoin d'eux.

Harold adore se plonger dans ses merveilleuses aventures sur papier, où les bons gagnent toujours et les méchants finissent par avoir le « coup de pied au derrière » qu'ils méritent.

Aujourd'hui, la journée a commencé comme n'importe quelle journée d'école ordinaire. Harold s'est habillé et a pris son déjeuner, en essayant de ne pas penser à la pénible journée qui l'attend. Harold est en maternelle à l'école primaire Jérôme-Hébert, et il déteste chaque minute qu'il y passe. Son enseignante est méchante, des brutes intimident les petits et le directeur est carrément *diabolique*. Le mieux qu'Harold puisse faire, c'est d'essayer de « s'intégrer » en n'attirant pas trop l'attention. Il se brosse les dents et place soigneusement ses crayons et ses dessins préférés dans son sac à dos, sans se douter qu'aujourd'hui sera la journée qui va changer sa vie à tout jamais.

La mère d'Harold l'aide à enfiler son sac à dos près de la porte.

— Peut-être que tu te feras un ami à l'école, aujourd'hui! dit-elle joyeusement.

— Non, je ne pense pas, répond Harold d'un air impassible.

— Et le petit garçon qui a emménagé dans la maison voisine, la semaine dernière? Comment s'appelle-t-il, déjà?

Harold hausse les épaules. Il a vu ce garçon une ou deux fois, mais ils ne se sont jamais parlé.

— Tu devrais peut-être aller chez lui pour te présenter, suggère sa mère. Tu n'aimerais pas avoir un ami qui vit à côté?

Harold hausse de nouveau les épaules.

Sa mère lui donne un câlin et un bisou. Elle sort de l'argent de son sac à main.

— Tiens, voilà de l'argent pour ton repas du midi. Ne l'utilise pas dans les machines distributrices, hein?

— Non, dit Harold.

Il dit la vérité. Harold sait que l'argent de son repas ne se rendra jamais à une machine distributrice. En fait, cet argent ne parvient jamais jusqu'à l'école. Un horrible grand de sixième année appelé Bruno Bougon le lui arrache toujours en chemin.

Bruno Bougon est le plus grand et le plus méchant élève de l'école Jérôme-Hébert. Il est le capitaine de l'équipe de lutte *ET* le neveu du directeur. Tout le monde le traite donc comme *un prince*.

Les trois vilains copains de Bruno, Ludo, Ben et Fred, ont droit aux mêmes égards. Ils arpentent fièrement les couloirs de l'école comme si l'endroit leur appartenait.

Chaque jour, Bruno et ses amis volent l'argent du repas des petits de maternelle. La plupart des enfants leur donnent l'argent sans protester. C'est bien moins compliqué (et bien moins douloureux) que de subir un tire-bobettes ou de recevoir un coup de poing dans le ventre. Bruno Bougon adore terroriser les petits de maternelle, et personne ne peut rien faire pour l'arrêter. Si Bruno avait un problème, il n'aurait qu'à appeler son oncle, le directeur Bougon.

— Oncle Abélaaaard! crierait-il. Cette fille de maternelle a frappé mon poing avec son ventre!

— Oh, elle a fait ÇA? s'écrierait M. Bougon en se tournant vers la petite en train de se tordre de douleur par terre. Comment OSES-TU faire mal au poing de mon neveu?

M. Bougon a instauré une politique de TOLÉRANCE ZÉRO à l'école Jérôme-Hébert, et il l'applique rigoureusement. Il a déjà renvoyé un élève de troisième année pour avoir dit le mot « carabine ». À dire vrai, le garçon avait dit « caramel », mais ça ressemblait beaucoup à « carabine ». Pas question de faire preuve de bon sens avec la TOLÉRANCE ZÉRO.

Harold sait par expérience que la meilleure chose à faire est d'éviter Bruno. Son trajet quotidien vers l'école est donc devenu un véritable parcours d'obstacles. Il pique de petits sprints, passe d'une poubelle à une boîte aux lettres, puis à un arbre. Il se cache derrière tous les objets qu'il rencontre, juste au cas où Bruno et ses amis seraient dans les parages.

La pire partie de sa course folle vers l'école est l'intersection de la rue du Frêne et de l'avenue Rosita. Il n'y a nulle part où se cacher entre le gros arbre près du café et la station-service de l'autre côté de la rue. Il doit attendre que le feu de circulation change, puis se précipiter en espérant passer inaperçu. La plupart du temps, Harold a de la chance. Mais sa chance est sur le point de tourner.

Harold s'accroupit silencieusement derrière l'arbre du café, observe le feu de circulation, se concentre sur les voitures tout en cherchant Bruno des yeux. C'est très stressant. Après quelques minutes, les voitures s'arrêtent et le signal pour piétons s'allume. Harold jette un coup d'œil à gauche et à droite. C'est le moment ou jamais. Il se lève d'un bond et traverse la rue en courant. En atteignant l'autre trottoir, il se précipite derrière le panneau devant la station-service. Il a réussi! Il est en sécurité... ou du moins, *c'est ce qu'il pense.*

— HÉ, LE MORVEUX! crie Billy Bill, le propriétaire de la station-service. ÔTE-TOI DE DERRIÈRE CE PANNEAU!

Le cœur d'Harold bat la chamade pendant que Billy Bill s'approche et l'attrape par le collet. Il tire brusquement Harold et se met à l'engueuler :

— CE PANNEAU EST UNE AFFICHE PUBLICITAIRE COÛTEUSE, PAS UN *JOUET* POUR T'AMUSER!

— Pardon, pardon, murmure Harold en essayant de se dégager.

Mais il est trop tard. Les cris de Billy Bill ont attiré l'attention de Bruno Bougon et de ses trois sinistres compagnons. Les quatre brutes traversent la rue en direction d'Harold.

— Hé, le p'tit! crie Bruno. Pourquoi déranges-tu ce gentil monsieur?

— Pardon! répète Harold en baissant les yeux.

Billy Bill le pousse brusquement, le faisant tomber par terre.

— Les gars, vous feriez mieux de vous occuper de votre petit ami, dit Billy Bill, sinon j'appelle la police!

— Ne nous inquiétez pas, m'sieur, dit Bruno avec un sourire diabolique. Nous allons *bien* nous en occuper.

Bruno tient Harold par le bras pendant que Ludo fouille dans son sac à dos.

— Regardez! J'ai trouvé son argent! s'exclame Ludo.

— Donne-le-moi! lance Bruno.

Ludo dépose docilement l'argent dans la main moite et sale de Bruno.

Cette scène ne semble pas troubler Billy Bill. En fait, on dirait que ça l'amuse.

— Il faut que tu apprennes à te défendre, mon gars, dit-il à Harold en gloussant. Sinon, tu te feras intimider toute ta vie!

Les quatre voyous traînent Harold jusqu'à l'école. La chance a cessé de sourire à Harold. Mais comme nous le savons tous, la chance peut tourner à tout instant. Et nous sommes sur le point d'assister à un revirement de situation SPECTACULAIRE.

CHAPITRE 10

VOICI GEORGES

Voici Georges Barnabé.

Georges a cinq ans et trois quarts. Ses parents et lui viennent du Michigan et ont emménagé à côté de chez Harold. Georges est ce que les adultes appellent un enfant « précoce ». Sa mère lui a appris à lire et à écrire quand il avait quatre ans. Ses résultats de tests sont supérieurs à la plupart des enfants ayant le double de son âge.

Les anciens profs de Georges ont suggéré qu'il saute de la maternelle à la troisième année, mais ses parents ont décidé que ce serait mieux si Georges restait dans une classe avec des enfants de son âge. Ils ne sont toujours pas certains d'avoir pris la bonne décision. D'un côté, Georges a développé de bonnes habiletés sociales et est très aimé de ses camarades. C'est très bien. D'un autre côté, Georges s'ennuie en classe et fait souvent des mauvais coups. C'est moins bien.

Georges n'a jamais vraiment aimé l'école. Il préfère faire de la planche à roulettes, regarder des films de monstres et lire des bandes dessinées. Georges aime aussi écrire des histoires. Il a rempli plus de 20 cahiers à spirale avec des aventures merveilleusement comiques qu'il a écrites tout seul.

Plusieurs de ses histoires l'ont mis dans le pétrin quand il les a lues à haute voix à son ancienne école. Ses camarades les adoraient, mais ses profs pensaient qu'elles étaient grossières, violentes et inacceptables.

— J'espère que les choses iront mieux ici, dit la mère de Georges en l'aidant à se préparer pour sa première journée à l'école Jérôme-Hébert. Ton père et moi t'avons acheté cette jolie cravate pour aller à l'école, aujourd'hui.

— Une CRAVATE? s'exclame Georges. Les enfants ne portent pas de cravate!

— Eh bien, *tu* vas en porter une, dit sa mère. Je veux que tu fasses une *bonne impression*.

— Voyons, maman! Les cravates sont pour les enfants quétaines!

— Allons, dit sa mère. Ton père porte une cravate. Est-il quétaine?

— Heu... *mouais*, dit Georges.

— Ne sois pas ridicule! Tu vas porter une cravate, UN POINT C'EST TOUT!

— Misère, dit Georges.

Georges prend son sac à dos et donne un câlin à sa mère à contrecœur (il est encore un peu fâché à cause de cette histoire de cravate).

— Bonne journée, mon chéri! dit sa mère.

— C'est ça.

Georges prend sa planche à roulettes dans les buissons près de l'allée et se dirige vers l'école. Elle se trouve à environ cinq pâtés de maisons et les trottoirs sont bien lisses, presque sans cailloux. Parfaits pour la planche à roulettes.

Le trajet jusqu'à l'école est très agréable, jusqu'à ce que Georges atteigne l'intersection de la rue du Frêne et de l'avenue Rosita. Il y a un attroupement devant la station-service, de l'autre côté de la rue. Georges observe attentivement la scène en attendant que le feu change. Il voit l'homme de la station-service pousser un petit blond par terre. Puis il voit des jeunes à l'air cruel traîner le garçon et lui voler son argent. C'est révoltant.

Finalement, le feu change et Georges traverse la rue. Il se tient devant le panneau pendant que l'homme se moque du petit blond et lui dit qu'il doit apprendre à se défendre. Georges est furieux.

CHAPITRE 11

GEORGES LE PETIT FURIEUX

Il n'y a pas grand-chose qu'on puisse faire quand on est un enfant et qu'on est témoin d'une injustice. La réaction naturelle est d'arranger les choses, mais cela peut avoir l'effet inverse et provoquer des injustices encore *pires*. La triste vérité, c'est que les grandes personnes ont généralement tout le pouvoir. On ne peut pas forcer quelqu'un à être gentil, juste et honorable quand on mesure un mètre et qu'on pèse 20 kilos.

Voilà pourquoi il est important d'être intelligent.

Georges Barnabé vient d'être témoin de la chose la plus injuste et méchante qu'il ait jamais vue. Les méchants sont cinq fois plus nombreux que lui et pèsent sans doute 300 kilos de plus. Mais Georges est plus intelligent que tous ces types réunis, et il le sait.

Pendant que les brutes traînent Harold de l'autre côté de la rue, Georges regarde autour de lui pour trouver une façon de redresser la situation. Il se concentre sur le panneau où on peut lire : MEILLEURES VIDANGES D'HUILE. Il s'agit d'une rue très fréquentée, et Georges sait qu'un petit changement sur ce panneau peut créer tout un chaos. Il tend la main, enlève quelques lettres et intervertit les lettres restantes.

— Hé! crie Billy Bill. ÉLOIGNE-TOI DE CE PANNEAU TOUT DE SUITE, COMPRIS? QUEL EST LE PROBLÈME AVEC LES JEUNES D'AUJOURD'HUI?

Billy Bill se dirige vers Georges en criant et en agitant les mains dans les airs. Il tente d'attraper Georges par le collet, mais il n'en a pas le temps...

... car au même moment, une voiture violette monte sur le trottoir et freine brusquement près de lui. Deux vieilles dames en sortent en criant à tue-tête :

— VIEILLE DAME HIDEUSE? hurle la conductrice en tapant Billy Bill sur la tête avec son sac à main. C'est HONTEUX!

— COMMENT OSEZ-VOUS? crie l'autre dame en le frappant avec sa canne. Vous devriez respecter les personnes âgées, pas vous en moquer!

Une troisième femme sort du café en criant :

— Vous êtes un PAUVRE TYPE HIDEUX!

Suivie de son groupe d'amies en furie, elle traverse la rue. Les femmes enragées se jettent sur Billy Bill et lui donnent des coups de pied dans les genoux. D'autres conductrices sortent de leurs voitures pour prendre part à cette bataille féroce contre la discrimination des femmes âgées.

— Il faut que vous appreniez à vous défendre, dit Georges à Billy Bill en souriant. Sinon, vous vous ferez intimider toute votre vie!

Georges marche le long de l'énorme embouteillage qui s'est formé. Il ignore les supplications larmoyantes de Billy Bill, qui continue de se faire frapper, taper, griffer et tirer les cheveux. Georges veut trouver le gars aux cheveux blonds.

Il roule sur sa planche jusqu'au stationnement de l'école. Il aperçoit Bruno et ses vilains compères qui ricanent en déchirant les dessins d'Harold et en brisant ses crayons en deux.

— LAISSEZ-LE TRANQUILLE! crie Georges.

Les brutes de sixième année se retournent et regardent ce petit de maternelle qui est planté devant eux avec un air de défi.

— Ha, ha, ha! s'esclaffe Bruno. Que feras-tu si on refuse?

— Je vais te faire la passe d'*Indiana Jones*! répond Georges en dénouant sa cravate et en la faisant claquer d'un air menaçant.

— *ATTRAPEZ-LE*! crie Bruno.

Ses copains se ruent sur Georges... qui les attend de pied ferme.

CHAPITRE 12

CHAPITRE EXTRÊMEMENT VIOLENT (EN TOURNE-O-RAMA[MC])

Voici le TOURNE

PILKEY®

O-RAMA

MODE D'EMPLOI :

ÉTAPE Nº 1

Place la main *gauche* sur la zone marquée « MAIN GAUCHE » à l'intérieur des pointillés. Garde le livre ouvert et bien *à plat*.

ÉTAPE Nº 2

Saisis la page de *droite* entre le pouce et l'index de la main droite (à l'intérieur des pointillés, dans la zone marquée « POUCE DROIT »).

ÉTAPE Nº 3

Tourne *rapidement* la page de droite dans les deux sens jusqu'à ce que les dessins aient l'air *animés*.

(Pour avoir encore plus de plaisir, tu peux créer tes propres effets sonores!)

TOURNE-O-RAMA

(pages 103 et 105)

N'oublie pas de tourner
seulement la page 103. Assure-toi
de voir les dessins aux
pages 103 *et* 105 en tournant la page.
Si tu la tournes assez vite, les dessins auront
l'air d'un seul dessin *animé*.

N'oublie pas de créer
tes propres effets sonores.

MAIN GAUCHE

ATTAQUE À LA CRAVATE

POUCE
DROIT

ATTAQUE À LA CRAVATE

Bruno hurle comme un gros bébé lala et s'enfuit en courant. Puis c'est le tour de Ludo et de Ben.

MAIN GAUCHE

CRIME FOUETTÉ

POUCE DROIT

CRIME FOUETTÉ

— Fuyons! crient Ludo et Ben en sanglotant.

Fred ouvre un bac à ordures et les quatre tyrans tentent de s'y réfugier. Mais ils ne sont pas assez rapides!

MAIN GAUCHE

CRIS ET CHÂTIMENT

POUCE
DROIT

CRIS ET CHÂTIMENT

CHAPITRE 13

RETENUE

— Je ne veux plus avoir affaire à vous! dit fermement Georges aux brutes qui poussent des cris aigus de terreur. Et ne touchez plus à ce petit blond! Si vous vous approchez de nous, vous aurez droit à *LA CRAVATE!*

Il fait claquer sa cravate dans les airs une dernière fois, provoquant des cris perçants de babouins chez les quatre élèves de sixième année.

— ON-ON-ONCLE ABÉLAAAARD! gémit Bruno à travers ses larmes.

Soudain, M. Bougon sort de l'école en fulminant.

— *QUE SE PASSE-T-IL ICI?*

— Ce petit de maternelle nous a battus! sanglote Bruno.

— Oh, il a fait *ÇA?* crie M. Bougon en prenant Georges par le bras. Je n'accepte pas *l'intimidation* dans mon école!

— C'est eux qui nous ont intimidés! s'écrie Harold en désignant Bruno et ses trois amis. Ils allaient battre ce garçon... Il s'est seulement défendu!

M. Bougon saisit le bras d'Harold.

— Je n'aime pas les *MENTEURS* non plus! grogne-t-il.

Le directeur emmène les deux garçons à la salle de retenue.

— Vous allez rester ici jusqu'à ce que vous ayez appris votre leçon, petits garnements! crie-t-il avant de claquer la porte.

— Et moi qui voulais faire une bonne impression, dit Georges.

Pendant quelques minutes, les deux garçons restent assis sans rien dire. Puis Harold ouvre son sac et sort un cahier et une moitié de crayon. Il commence à dessiner.

— Tu es en quelle année? demande Georges.

— En maternelle, répond Harold.

— Moi aussi, dit Georges. Je suis nouveau. On a déménagé il y a trois jours.

— Oh! dit Harold. Je pense que tu vis à côté de chez moi.

— Vraiment?

Georges baisse les yeux et voit qu'Harold dessine un monstre géant.

— Hé, tu dessines bien! dit-il.

— Merci, dit Harold.

Georges l'observe pendant qu'il dessine un héros ailé qui braque une arme laser sur le monstre.

— Génial! dit Georges en désignant le superhéros. Quel est son nom?

— Il n'a pas de nom, répond Harold en haussant les épaules.

— Pourquoi?

— C'est juste un dessin. Ce n'est pas vraiment une histoire.

— Oh, dit Georges.

Il le regarde attentivement finir son dessin. Harold le termine, tourne la page et commence un autre dessin sur la feuille suivante.

— Heu... veux-tu dessiner, toi aussi? demande Harold. J'ai d'autres crayons. Ils sont brisés, mais la partie pointue fonctionne encore.

— Non, répond Georges. Je ne dessine pas très bien. Je préfère écrire.

— Oh, dit Harold en arrachant quelques pages à l'arrière de son cahier. Tiens, tu peux écrire là-dessus, si tu veux.

Georges prend les feuilles et réfléchit un long moment. Puis il écrit : *Les zaventures de l'homme-chien* en haut de la première page. En bas de la feuille, il écrit *par Georges et...*

— Hé, comment tu t'appelles?

— Harold, répond Harold.

Georges écrit le nom d'Harold à côté du sien.

— Je vais écrire une bande dessinée, dit-il. Tu feras les dessins, d'accord?

— Heu, d'accord, dit Harold.

Et voilà comment Georges et Harold sont devenus amis et ont fondé leur maison d'édition ce jour-là.

CHAPITRE 14

Les zaventures de l'homme-chien

Aksion

fourires

puces

par GEORGES et HAROLD

Il y avait une fois une polisse.

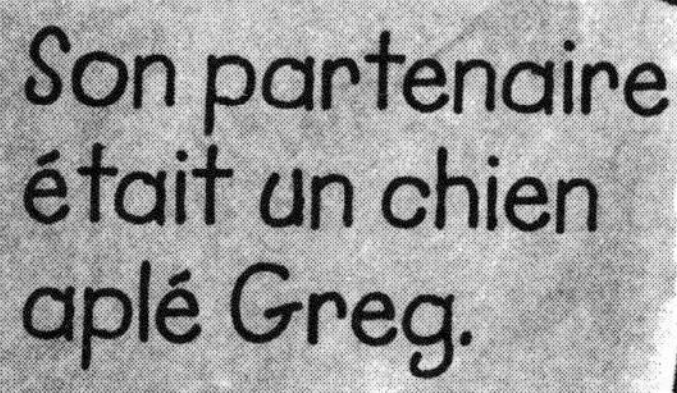

Ils zarrêtaient les bendis.

Un jour, il y a eu une bonbe.

La bonbe a explosé et les a blaissés.

Une enbulance les a amenés à l'opital.

Comment ça va?

Le docteur a de movèses nouvelles.
snif snif
Greg, ton corps va mourir.
Toi, la polisse, ta tête va mourir.
Crotte, j'aimais bien ma tête.
Mais alors
J'ai une idée
infirmière

Si on cousait la tête de Greg sur le corps de la polisse?
Bonne idée! Vous êtes jénialle.
Hourra

Ils ont fait une opérassion. Le docteur a cousu la tête de Greg sur le corps du polissié.
C'est un grand jour!

Et puis
Vive l'homme-chien!

L'homme-chien est le meilleur des polissiés.

Il peut renifler les bendis avec son museau.
zut
snif snif

Il peut entendre les crimes avec ses oreilles de chien.
zut

Et il peut frapper les méchants avec ses poings humains.

Homme-chien, as-tu vu le bandit?

Comment on
va faire pour monter?
ouarb
ouarb
ouarb
banque
Bonne idée!
Grimpons
à cet arbre!
Et
puis
On l'a attrapé!
C'est
grasse à toi!

L'homme-chien était le meilleur de tous les polissiés!

Mais il avait une peurre terrible...

L'homme-chien a vu l'aspirateur.
Il a couru se kacher.

J'oubliais. Les chiens ont peurre des aspirateurs!

Mais kelkun
avait tout vu.

kelkun
de diabolik.

C'était Pistache, le plus
vilain chat du monde.

Mintenant,
je connais
la faiblesse
de l'homme-chien!

Pistache
a inventé
un robot
aspirateur.

Vas-y, mon beau!
Va aspirer l'argent de la banque

dac

Ha, ha, ha!

Hé, pas juste!

vrrr

Banque du Pognon

Vite, homme-chien! Un robot vole la banque!

L'homme-chien arrive à la rescousse.

L'homme-chien se sauve.

Il court et court...

Finaleman, l'homme-chien
est pus au pied du murre.
Je vais
te tuer!

L'aspirateur s'approche
de plus en plus proche.

L'homme-chien
a de plus en plus peurre.

L'aspirateur attak!
Mais regarde ce qui se passe!
POP
L'aspirateur est débranché!
L'homme-chien n'a plus peurre.
Il bat le robot
POW
Il suit le fil...

...qui le mène
à la cachette de Pistache

cachette
secrète

oh oh

8

Bon chien,
homme-chien!
souaf
souaf
souaf
chef
de polisse

Bonne idée!
On va boire
un verre!
PC

vin non
alkolik

Vive l'homme-chien!
Fin

CHAPITRE 15

LE PLAN

M. Bougon a une journée très occupée et oublie complètement les deux garçons qu'il a laissés dans la salle de retenue. Quand la dernière cloche sonne à 2 h 45, Georges et Harold ont terminé leur premier album de bandes dessinées.

— Cette BD n'est pas mal du tout, dit Georges.

— Ouais, dit Harold en souriant.

— Je parie qu'on pourrait faire des copies et les vendre 25 cents chacune! dit Georges.

Les deux garçons rangent leurs affaires et sortent de l'école.

— On devrait fonder notre propre maison d'édition de BD, dit Harold.

— Bonne idée, dit Georges. On l'appellerait les Éditions de l'arbre Inc.

— Pourquoi? demande Harold.

— Parce que mon père est en train de me construire une maison dans un arbre! dit Georges. Il y aura l'électricité, une télé et tout et tout! On pourra faire nos BD là-haut!

— Super!

Georges et Harold passent près de la boîte à ordures où Bruno et ses amis s'apprêtent à torturer deux petits de maternelle.

— Hé, Bruno! lance Georges.

Les quatre tyrans se retournent et voient Georges porter la main à sa cravate. Horrifiés, ils lâchent leurs victimes et s'enfuient en agitant les bras et en glapissant comme des chiens saucisses.

— Je crois que je vais porter une cravate tous les jours, dit Georges.

— Bonne idée, dit Harold.

En rentrant à la maison, les deux amis parlent de leurs films et jeux préférés, de vidéos rigolos et de la meilleure gomme à bulles.

— Parler de gomme à mâcher m'a donné faim, dit Harold.

— Viens chez moi, propose Georges. Je fais un très bon sandwich au beurre d'arachide et aux vers en gelée!

— Vraiment?

— Ouais! dit Georges. Le secret, c'est le sirop au chocolat!

— D'accord, dit Harold.

Les deux garçons arrivent chez Georges et vont dans le jardin. Le père de Georges est en train de construire une cabane dans l'arbre.

— Salut, papa! dit Georges.

— Salut, dit son père. Comment s'est passée ta première journée?

— Bien.

— Et qui est ton nouvel ami?

— C'est Harold, dit Georges. Il dessine très bien.

— Bonjour, Harold, dit son père.

— Bonjour, dit Harold.

— On a beaucoup de travail à faire, papa, dit Georges. Veux-tu un sandwich au beurre d'arachide et aux vers en gelée?

— Heu... non, merci, dit son père.

Les deux nouveaux amis entrent dans la maison, préparent des sandwichs et se mettent au travail. Ils savent qu'ils doivent mettre un terme au règne de terreur de Bruno Bougon. Ils dressent une longue liste des forces et faiblesses de Bruno pour mieux comprendre leur ennemi mortel.

Après quelques minutes, Harold est découragé.

— C'est terrible! Bruno a tellement de *forces!* Je ne peux trouver qu'une seule faiblesse!

— Laquelle?

— Il est *plutôt nono,* dit Harold.

Georges sourit et écrit plutôt nono sur la feuille.

— C'est suffisant, dit-il.

CHAPITRE 16

SUPER ESPIONS

Le lendemain, à l'école, Harold reste près de Georges. Les deux garçons passent tous leurs moments libres à espionner Bruno et à rassembler de l'information sur leur ennemi.

Ils inscrivent le numéro de casier de Bruno et le type de cadenas qu'il utilise. Ils notent son horaire et observent ce qu'il fait entre les cours. Ils prennent des mesures et restent même après l'école pour observer l'entraînement de lutte de Bruno. À la fin de la semaine, Georges et Harold connaissent l'horaire de Bruno mieux que Bruno lui-même.

Bruno est un être routinier. Chaque jour, il fait exactement la même chose à la même heure. À la fin de chaque jour d'école, il va à son casier et ouvre son cadenas ultra solide avec une clé qu'il garde au bout d'une grosse chaîne de métal autour de son cou. Il place son cadenas sur le dessus du casier, puis ouvre la porte. Ensuite, il vide ses poches et met ses objets de valeur dans le casier. Il dépose son téléphone cellulaire sur la tablette du haut et met l'argent volé aux élèves de maternelle dans un sac de sport, au fond du casier. Finalement, Bruno prend son cadenas, le remet sur la porte et le ferme avec un déclic.

Après son entraînement de lutte, Bruno retourne à son casier et l'ouvre de la même façon. Il empoche son téléphone cellulaire, reprend son cadenas ultra solide sur le dessus du casier et le remet sur la porte. Puis il le ferme avec un déclic pour que tout soit bien en sûreté. Étonnamment, Bruno laisse habituellement l'argent volé dans son casier. Peut-être qu'il pense que l'argent est plus en sécurité dans le casier. Personne ne peut ouvrir ce casier sans la clé. Personne d'autre que Bruno n'a cette clé, et il ne l'enlève *jamais* de son cou... même pas dans la *douche*!

— On ne pourra jamais enlever cette clé à Bruno, dit Harold en suivant Georges dans les allées de la quincaillerie.

— Nous n'avons pas besoin de clé, dit Georges. Mais de ÇA!

Il prend un nouveau cadenas sur une tablette.

— C'est exactement le type de cadenas qu'utilise Bruno, ajoute-t-il.

— Mais ce n'est pas la même clé, dit Harold. Chacun a une clé différente!

— Je sais, dit Georges.

— Alors, comment *ce* cadenas pourra-t-il nous aider?

— Tu verras, répond Georges en souriant.

Après avoir payé leur nouveau cadenas ultra solide, les garçons vont au magasin de jouets de l'autre côté de la rue.

Dans l'allée numéro trois, près des perles et des bijoux, Georges trouve ce qu'il cherche : un ensemble de bracelets d'amitié Suzie Sourire.

— Pourquoi prends-tu ÇA? demande Harold.

— On va faire des bracelets d'amitié cette fin de semaine, répond Georges.

— *Quoi*? Mais pourquoi?

— Tu verras... répond Georges en souriant de plus belle.

Durant la fin de semaine, Georges et Harold passent beaucoup de temps à faire des plans et à préparer des stratagèmes qui les aideront à mettre un terme au problème d'intimidation de l'école Jérôme-Hébert.

Puis les deux amis fouillent leurs maisons pour trouver tout ce dont ils ont besoin pour leur projet. Dans la cuisine, Georges déniche un rouleau de papier à tapisser les tiroirs. Il le mesure soigneusement.

— Maman, je peux m'en servir? C'est pour l'école.

— Je suppose que oui, dit sa mère.

Harold trouve de vieux souliers et un pantalon que son père a laissés quand il a déménagé. Il serait sûrement d'accord pour qu'ils les clouent aux échasses en bois de Georges.

— Je ne sais toujours pas comment on va cacher ces échasses à l'école, dit Georges en s'entraînant à marcher dessus.

— Tu verras... dit Harold, qui a plusieurs tours dans son sac, lui aussi.

CHAPITRE 17

LUNDI

Lundi matin, Georges et Harold se lèvent tôt, rassemblent leur matériel et arrivent à l'école 15 minutes avant les autres élèves. Ils transportent leurs échasses et leur matériel dans les toilettes des garçons du deuxième et les cachent dans un cabinet.

Puis ils verrouillent la porte du cabinet.

Pour quelqu'un qui se trouve à l'extérieur du cabinet et qui regarde sous la porte, on dirait qu'une personne est assise en train de *faire sa petite affaire*. Les deux amis savent que personne n'osera s'approcher de ce cabinet, qui est maintenant le meilleur endroit de l'école pour cacher des trucs.

Bientôt, les élèves commencent à arriver et la journée se déroule normalement. M. Bougon arpente les couloirs en criant et en faisant pleurer les enfants, Bruno et ses compères tirent les bobettes des petits et volent leur argent, et une atmosphère de désespoir et d'impuissance flotte dans l'air matinal.

Le midi, comme d'habitude, les opprimés de la maternelle sont assis à leur table avec aucune nourriture. M. Bougon s'approche et se met à les engueuler :

— Pourquoi n'avez-vous jamais de repas le midi?

— Heu, dit un des petits. On est au régime.

— Oh, dit M. Bougon en remontant sa ceinture sur son gros ventre. C'est bien. C'est important d'être en forme et en santé comme moi!

L'après-midi, Georges et Harold demandent la permission d'aller aux toilettes. Ils n'ont que cinq minutes pour tout installer et doivent se dépêcher. Harold ouvre la porte de leur cabinet secret et Georges monte sur les échasses. Ils se faufilent dans le couloir.

Georges avance sur ses échasses jusqu'au casier de Bruno. Harold lui tend le rouleau de papier à tapisser. Georges place soigneusement le papier sur le dessus des casiers et le fait rouler jusqu'au bout. Le papier tombe à l'extrémité et se déroule jusqu'en bas. Harold l'attrape et le colle sur le côté du casier après avoir pris des mesures avec une règle.

Georges dépose sur le papier le cadenas qu'ils ont acheté, à deux casiers de distance de celui de Bruno. Ils sont prêts. Ils s'empressent de ramener leur matériel dans les toilettes, verrouillent la porte et retournent en classe.

À la fin de la journée, Bruno se dirige vers son casier, comme à son habitude. Il ouvre son cadenas avec la clé accrochée à son cou, puis dépose le cadenas sur le dessus du casier (en plein sur le rouleau de papier). Georges et Harold se tiennent au bout de la rangée de casiers, où Harold peut tirer sur le papier. Maintenant vient la partie délicate.

Pendant qu'Harold lui sert de « couverture », Georges tire doucement sur le papier. Le papier se met à glisser. Le cadenas de Bruno, qui est au-dessus de sa tête, commence à se déplacer. Le cadenas de Georges et Harold, qui est à deux casiers de là, glisse lentement *vers* le casier de Bruno. Harold a tout mesuré, et Georges sait qu'il doit tirer exactement 60 cm de papier.

Quand il a fini de tirer, le nouveau cadenas se trouve directement au-dessus du casier de Bruno.

Ce dernier vient de mettre l'argent volé dans son sac de sport. Il dépose son téléphone cellulaire sur la tablette du haut, ferme la porte, tend la main et prend le cadenas de Georges et Harold. Puis il ferme la porte et enclenche le nouveau cadenas avec un déclic.

— Allons-y! dit Bruno à ses copains.

Ils partent vers le gymnase pour leur entraînement de lutte.

— C'était PARFAIT! dit Harold.

— Oui, dit Georges. Mais on a encore beaucoup de travail à faire!

Ils attendent patiemment que tous les élèves soient partis. Certains sont au gym, d'autres sont dehors ou au club d'échecs, mais les couloirs et les toilettes sont vides.

Georges et Harold se faufilent jusqu'au casier de Bruno, déverrouillent leur cadenas avec leur clé et ouvrent la porte.

Harold prend le sac de sport de Bruno et vide l'argent volé sur le sol.

— Oh là là! dit Harold. Il doit y avoir mille dollars, là-dedans!

Il s'empresse de ramasser l'argent pendant que Georges pianote sur le clavier du téléphone cellulaire de Bruno.

— Que fais-tu avec son téléphone? demande Harold.

— J'envoie un texto à ses trois amis abrutis, répond Georges.

Quand l'argent est en sécurité et que les textos ont été envoyés, Georges et Harold remettent tout en place comme avant dans le casier... *mais avec deux ajouts*. Harold met l'ensemble de bracelets d'amitié de Suzie Sourire sur le sac et Georges dépose une enveloppe à côté du téléphone.

Finalement, Georges prend le cadenas de Bruno sur le dessus des casiers et s'en sert pour verrouiller la porte. Puis les deux garçons préparent tout en vue du lendemain après-midi.

— Partons d'ici, dit nerveusement Harold.

— Une dernière petite chose, dit Georges.

Les deux copains se faufilent dans le vestiaire du gymnase et laissent une autre enveloppe dans un des souliers puants de Bruno. Puis ils sortent de l'école et rentrent à la maison.

— J'aurais aimé rester pour observer les feux d'artifice! dit Harold.

— Je pense que c'est mieux si on n'est pas là, dit Georges. Ça va barder!

CHAPITRE 18

ÇA BARDE!

Bruno trouve l'enveloppe dans son soulier après son entraînement de lutte. Il l'ouvre. À l'intérieur, il trouve deux bracelets d'amitié et une lettre. Il glisse fièrement les bracelets sur son poignet et les admire. Il a hâte de les montrer à ses copains...

... qui sont dans le couloir, les yeux rivés sur leur téléphone cellulaire, horrifiés.

— Regardez ça! dit fièrement Bruno en agitant son poignet.

Ses amis, qui sont en train de lire le même texto, le regardent, bouche bée d'étonnement.

— *Quoi*? réplique Bruno. Ce sont juste des bracelets d'amitié!

Ludo, Fred et Ben se regardent comme si Bruno était devenu fou.

— Je ne veux pas faire de bracelets avec toi, proteste Ludo.

— Moi non plus, s'exclament les deux autres.

— De quoi parlez-vous? dit Bruno.

Il ouvre son casier.

— HÉ! QU'EST-CE QUE C'EST QUE ÇA? crie-t-il. QUELQU'UN A FOUILLÉ DANS MON CASIER!

Ludo, Ben et Fred voient la boîte de bracelets et secouent la tête d'un air dégoûté.

Bruno donne un coup de pied à la boîte et la piétine. Puis il ouvre son sac de sport et constate qu'il est vide.

— AAAHHHH! crie-t-il. QUELQU'UN A VOLÉ MON ARGENT!

Il jette un coup d'œil dans le couloir.

— Si je trouve celui qui a ouvert mon casier, je vais... je vais...

— Lui donner un *bisou*? termine Fred.

Ses deux copains éclatent de rire.

Bruno attrape Fred par le collet et le secoue comme une poupée de chiffon.

— DE QUOI PARLES-TU? rugit-il.

— De ça! répond Fred.

Il lui montre le texto qui a été envoyé du téléphone de Bruno.

— J-J-JE N'AI PAS ÉCRIT ÇA! proteste Bruno.

— Pourquoi as-tu ces bracelets sur ton poignet, alors? demande Ben.

— C'est un c-c-cadeau des meneuses de claque.

Au même moment, un groupe de meneuses de claque arrive de l'entraînement.

— Je vais vous le prouver, dit Bruno.

Il montre ses bracelets aux filles en agitant le bras comme un maniaque.

— Vous les avez faits pour moi, hein? dit-il en désignant désespérément les bracelets d'amitié.

Les filles lui jettent un regard dégoûté.

— Ouache! dit l'une d'elles.

Bruno cligne des yeux comme un débile et se met à haleter. Il serre les poings et frémit de rage. Ses amis échangent des regards inquiets. Ils reculent de quelques pas, comme s'ils craignaient que Bruno explose.

— Hé, à plus tard, *Suzie Sourire*, lance Ludo.

Les trois gars s'éloignent en riant. Bruno reste seul, tremblant de colère.

Finalement, il retourne à son casier. Il prend son téléphone et trouve l'enveloppe posée à côté.

Il l'ouvre d'un geste furieux et lit le message à l'intérieur.

CHAPITRE 19

QUI EST GASTON CALSON?

Sur le chemin du retour, Georges et Harold arrêtent à la friperie afin d'y acheter des fournitures pour mardi. La vendeuse leur jette un regard étrange quand ils s'approchent de la caisse.

— Pour qui sont ces robes? demande-t-elle.

— C'est pour l'école, répond Harold.

— Oh, dit-elle.

En arrivant chez Georges, les deux garçons vont dans sa chambre pour compter l'argent volé de Bruno. Il y a 916 dollars en tout.

— J'ai l'impression d'être Robin des Bois! dit Georges. Que devrions-nous faire avec tout ce fric?

— Je pense qu'on devrait acheter des repas pour les élèves de maternelle, dit Harold. C'est à ça qu'il devait servir à l'origine!

Georges est d'accord. Il prend le téléphone et appelle le Palais de la pizza.

— Pouvez-vous livrer des pizzas demain midi à l'école Jérôme-Hébert? Oui? Super! Apportez cinq grandes pizzas au fromage, cinq au pepperoni et cinq aux ananas et aux olives noires.

Il discute des détails et promet d'aller payer le lendemain matin.

— Tout est arrangé pour demain midi, dit-il à Harold.

— Génial!

Le lendemain, en allant à l'école, Georges et Harold passent devant le Palais de la pizza. Le restaurant n'ouvre qu'à 11 heures, mais ce n'est pas grave. Georges sort une enveloppe contenant de l'argent, des coupons, des directives ainsi qu'un pourboire pour le livreur. Il la glisse dans la fente de la porte.

Les deux amis ont une journée chargée devant eux. Ils arrivent tôt à l'école et déverrouillent la porte de leur cabinet secret. Pendant qu'ils sortent leur matériel et leurs échasses, ils entendent le brouhaha des élèves qui arrivent. Cette journée *ressemble* à une journée ordinaire, mais les choses sont sur le point de changer à l'école Jérôme-Hébert.

Bruno se tient devant l'entrée de l'école comme d'habitude, mais il ne se contente pas de voler l'argent des petits, ce matin. Aujourd'hui, il veut aussi des informations. Il semble anxieux et ses mains tremblent — comme s'il n'avait pas beaucoup dormi la nuit dernière. Ludo, Ben et Fred (qui le suivent généralement comme des chiens de poche) gardent leurs distances et l'observent avec une expression inquiète.

Bruno saisit chaque enfant qui s'approche de la porte et lui pose la même question :

— Qui est Gaston Calson?

À l'extérieur de l'école, aucun élève n'a entendu parler de Gaston Calson. Mais à l'intérieur, Georges et Harold sont en train de répandre des rumeurs au sujet du mystérieux inconnu.

— As-tu entendu parler de Gaston Calson? demande Georges d'une voix forte en passant près d'un groupe de filles potineuses.

— Oui, répond Harold encore plus fort. J'ai entendu dire que Gaston Calson est un *FANTÔME!*

— Moi aussi! rétorque Georges. Il paraît qu'il hante les couloirs de notre école parce qu'il veut se VENGER!

— Se venger de qui? demande Harold.

— De Bruno Bougon! répond Georges dans un chuchotement sonore.

Les filles tendent l'oreille pendant que Georges poursuit :

— Il paraît que Bruno Bougon a été *MAUDIT* par le fantôme de Gaston Calson!

— Juste ciel, non! s'écrie Harold. Mais pourquoi?

— Parce qu'il est méchant avec les élèves de maternelle, dit Georges. Gaston Calson est le fantôme protecteur de la maternelle!

— Je ne savais pas ça, dit Harold. *Pauvre* Bruno!

Les deux complices s'éloignent en secouant la tête de pitié. Les filles aux yeux écarquillés sont muettes de stupeur, pour une fois. Elles s'empressent d'envoyer des textos à leurs amies au sujet du terrible fantôme.

En l'espace d'une heure, toute l'école est au courant de la terrible vérité sur Gaston Calson. Peu de temps après, l'information parvient à Bruno et ses amis.

— C'est *idiot*! dit Bruno. Les fantômes n'existent pas!

— Peut-être, dit Ludo, mais j'ai entendu dire qu'il peut traverser les murs et les casiers. Et si c'était lui qui avait volé l'argent hier?

— C'est RIDICULE! dit Bruno. Qu'est-ce qu'un fantôme ferait avec de l'argent?

— Il va peut-être le redonner aux élèves de maternelle, dit Fred. Il paraît qu'il est leur ami!

— Heu, excusez-moi, dit un livreur qui transporte 15 boîtes à pizza. Je dois livrer ces pizzas aux élèves de maternelle. Savez-vous où est la cafétéria?

— Au bout du couloir, répond Bruno. Hé, qui a commandé ces pizzas?

— Je ne sais pas, dit le livreur. Je pense qu'il s'appelle Gaston ou quelque chose du genre. Je ne l'ai jamais vu.

— Qu-quoi? Vous ne l'avez jamais vu? s'exclame Bruno.

— Non, répond le livreur. *Personne* ne l'a vu, mais il a laissé un bon pourboire!

CHAPITRE 20

MARDI APRÈS-MIDI

Le repas est un grand succès. Tous les enfants de maternelle savourent la pizza et les boissons gazeuses. Personne ne s'inquiète du fait que tout cela a été payé par un fantôme.

— La pizza hantée, c'est la meilleure! dit Fabien Morin.

Tout le monde est d'accord avec lui.

Après l'école, Bruno déverrouille son cadenas et le met sur le dessus du casier. Comme la veille, Georges tire le long rouleau de papier, remplaçant le cadenas de Bruno par le leur.

Bruno prend le cadenas de Georges et Harold, le met sur la porte du casier et tire dessus pour s'assurer qu'il est bien verrouillé.

Il l'est.

Quand les couloirs sont déserts, Georges et Harold se remettent au travail. Georges déverrouille le casier de Bruno et Harold le remplit de jolies robes ornées de dentelle, en prenant soin de bien lisser et placer les boucles et les volants. Pendant ce temps, Georges envoie un autre message texte à l'aide du téléphone de Bruno. Après avoir déposé une nouvelle enveloppe à côté du téléphone, ils referment la porte avec le cadenas de Bruno et replacent tout pour que le truc fonctionne de nouveau le lendemain.

— Es-tu certain qu'on ne peut pas rester pour observer le spectacle? demande Harold.

— Oui, dit Georges. Ça va barder *encore plus*!

CHAPITRE 21

ÇA BARDE ENCORE PLUS

À 16 h 30, après l'entraînement de lutte, Ludo, Fred et Ben retournent à leur casier et trouvent un autre message texte de Bruno.

Quand Bruno arrive à son casier, il sait que quelque chose cloche.

— QUOI? crie-t-il à ses copains. Quoi ENCORE?

— Désolé, dit Ludo, mais on ne veut pas *jouer* avec toi.

— Ouais, *princesse,* ajoute Fred.

Les trois acolytes ricanent.

Bruno saisit le téléphone de Ben et lit le message.

— J-J-JE N'AI PAS ÉCRIT ÇA! proteste-t-il. Et je n'ai pas de ROBES dans mon casier! Je vais vous le PROUVER!

Il déverrouille le cadenas et ouvre la porte...

... révélant trois jolies robes garnies de dentelle.

Ses amis éclatent de rire. Bruno ferme la porte et vérifie qu'il s'agit du bon casier.

— *QUELQU'UN* SE PAIE MA TÊTE! crie-t-il.

Il arrache les robes du casier et les jette sur le sol.

— Tu reprends contact avec ton côté féminin? demande Ludo, provoquant les fous rires de ses copains.

— Ce n'est pas drôle! crie Bruno en fouillant sur la tablette du haut.

Comme prévu, il y a une autre enveloppe. Il la déchire et lit le message à haute voix :

TU NE M'ÉCHAPPERAS PAS!

signé, Gaston Calson

Les amis de Bruno cessent de rire en voyant le message.

— Hé, dit Ben, c'est une vraie malédiction!

— Au moins, ce fantôme a de l'humour, dit Ludo.

CHAPITRE 22

MERCREDI

Le lendemain, un autre repas savoureux attend Georges, Harold et leurs camarades. Le Palais de la pizza a même livré des salades et des bâtonnets de pain. Les élèves de maternelle n'ont jamais été aussi heureux.

À la fin de la journée, après l'entraînement de lutte, les trois amis de Bruno se précipitent à leur casier pour découvrir quel truc bizarre va encore faire Bruno. Ils ne sont pas déçus.

Bruno est déjà en colère lorsqu'il arrive à son casier. Il sait que quelque chose se trame.

— QUOI? lance-t-il à ses copains. POURQUOI RIEZ-VOUS?

— Puis-je apporter un nounours ou est-ce réservé aux poupées? demande Ludo.

Il se bidonne, imité par les deux autres.

Bruno s'empare du téléphone de Ludo et lit le message.

— JE-N'AI-PAS-ÉCRIT-CE-MESSAGE, hurle-t-il. Et je n'ai PAS de POUPÉES dans mon casier!

Il saisit la clé au bout de la chaîne, déverrouille le cadenas et ouvre brusquement la porte du casier en la faisant claquer très fort.

Une vingtaine de poupées dégringolent du casier et s'empilent à ses pieds.

Ses copains reculent d'un pas. Ils ne savent pas s'ils doivent rire ou s'enfuir en courant. Bruno reste immobile, les yeux fixés sur la montagne de poupées.

Puis il se met à respirer bruyamment. Son corps est agité de mouvements convulsifs. Le tremblement part de ses pieds et remonte lentement le long de ses jambes. Quand les spasmes parviennent à son torse, le garçon tremble comme un volcan sur le point d'exploser. Il serre les poings de rage, soulève la jambe droite et commence à donner des coups de pied aux poupées.

— JE VOUS DÉTESTE! JE VOUS DÉTESTE! crie-t-il en projetant les jolies poupées dans le couloir.

Ses copains ne l'ont jamais vu perdre les pédales à ce point. S'emparant de deux grandes poupées, il les balance dans les airs et les envoie s'écraser contre son casier et tout ce qui l'entoure.

Puis il se met à les déchiqueter, les mordre, les piétiner et les décapiter. Ludo, Ben et Fred décident que c'est le temps de déguerpir.

Le fulminotron de Bruno dure environ 15 minutes. Il finit par s'écrouler, épuisé, dans un tas de bourre de polyester, de robes de poupées en lambeaux et de bras, jambes et têtes en plastique. Il reste assis là, à respirer lentement, les yeux dans le vide. Puis il pense à quelque chose. C'est comme s'il venait de percer le plus grand mystère de tous les temps.

Il se lève et prend le cadenas au-dessus de son casier. Il le retourne soigneusement entre ses mains pour l'examiner.

— A-ha! s'exclame-t-il.

CHAPITRE 23

JEUDI

Les choses reviennent à la normale jeudi matin. Bruno se tient devant l'école et oblige chaque élève de maternelle à lui donner son argent.

— Les choses vont changer, ici, leur dit-il. À partir de demain, vos taxes vont AUGMENTER! Vous allez devoir me payer le double, sinon vous aurez droit au TIRE-BOBETTES!

Les trois complices de Bruno observent ces menaces à distance. Ils finissent par s'approcher nerveusement.

— Bruno, que fais-tu? demande Ludo.

— Je reprends ce qui M'APPARTIENT, répond Bruno.

— Tu n'as pas peur du fantôme de Gaston Calson? demande Ben.

— Il n'y a pas de fantôme, espèce de crétin! dit Bruno. C'est juste un coup monté! J'ai tout compris hier soir! Quelqu'un a crocheté mon cadenas et a mis des trucs dans mon casier!

— Qui a bien pu faire ça? demande Ludo.

— La même personne qui a écrit ces textos idiots sur mon cellulaire! Mais ça va s'arrêter aujourd'hui!

— Comment? dit Ludo.

— J'ai un *nouveau* cadenas! déclare Bruno.

Il brandit un tout nouveau cadenas Combo-2000 ultra supra solide.

— Ce truc est complètement *antivol*! ajoute-t-il.

Les quatre brutes entrent dans l'école et se dirigent vers les casiers. Bruno déverrouille son ancien cadenas et le jette dans la poubelle avec la clé accrochée à son cou moite. Puis il met son nouveau cadenas *antivol* sur la porte et le ferme avec un déclic.

— Maintenant, qu'il essaie de m'embêter! dit-il avec un sourire méprisant.

À midi, quand le livreur se présente avec les pizzas de la maternelle, Bruno l'arrête dans le couloir.

— Je vais prendre ces pizzas, déclare-t-il.

— Mais je dois les livrer aux élèves de maternelle, proteste le livreur.

— On va s'en occuper, dit Bruno.

— Désolé, dit le livreur, mais j'ai des directives claires de Gaston Calson et...

— ONCLE ABÉLARD! crie Bruno.

M. Bougon arrive d'un pas lourd.

Boum! Boum! Boum! Boum! Boum!

— Quel est le problème, Bruno? demande-t-il.

— Cet homme apporte des pizzas aux élèves de maternelle. A-t-il le *droit* de faire ça?

— Absolument PAS! dit le directeur. Ces enfants sont au régime!

— Vous voyez? dit Bruno au livreur. Allez, *donnez-moi* ça!

Bruno et ses copains s'emparent des pizzas et des boissons gazeuses. Ils les apportent à la cafétéria et se mettent à s'empiffrer devant la table des petits.

— *MIAMMM!* dit Bruno aux enfants affamés. Cette pizza est *délicieuse!*

Les quatre barbares dévorent huit pizzas et boivent 14 canettes de boisson gazeuse. Puis ils vendent ce qui reste à d'autres élèves.

— Dommage que les élèves de *MATERNELLE* ne puissent pas en acheter, ricane Bruno. Ils n'ont plus d'argent!

Georges et Harold sont catastrophés. Ils ont vu le nouveau cadenas et ont remarqué que Bruno ne le lâche pas une seconde quand il le déverrouille.

— Bon, soupire Harold. Je suppose que c'est terminé.

— Rien n'est terminé tant que NOUS ne l'aurons pas décidé, dit Georges. Il faut trouver autre chose... *et vite*!

CHAPITRE 24

L'ECTOPLASME MOUSSEUX

Après l'école, Georges et Harold attendent que les couloirs soient déserts, puis vont ouvrir leur cabinet secret dans les toilettes. Georges a une idée. Il grimpe sur les échasses, puis Harold remonte le pantalon jusqu'au sommet de sa tête. Georges essaie de marcher en regardant par la braguette.

— De quoi j'ai l'air? demande-t-il.

— Je ne sais pas, dit Harold. Tu as l'air d'une coupe afro sur pattes.

— Hum, fait Georges en s'observant dans le miroir. Je crois que j'ai besoin d'une nouvelle coupe de cheveux.

Son idée devra attendre jusqu'au lendemain.

Heureusement, les deux garçons ont un plan B. Ils courent jusqu'au dépanneur au coin de la rue pour acheter quatre canettes de mousse à raser et une boîte de pailles. Puis ils reviennent à l'école.

— Il va falloir faire vite, dit Harold.

Les deux amis ouvrent la boîte de pailles et en enfoncent une sur l'embout gicleur de chaque canette de mousse à raser.

Georges insère une paille dans une fente d'aération du casier de Bruno et fait gicler la mousse.

Harold prend une autre canette, insère la paille dans le casier de Ludo et appuie pour asperger l'intérieur.

Après quelques minutes, leurs canettes sont vides. Ils prennent deux autres canettes et recommencent leur manège avec les casiers de Ben et Fred.

Après avoir caché les canettes vides dans leur cabinet de toilette secret, ils sortent par la porte arrière de l'école et courent vers le terrain de football en criant à tue-tête.

Les meneuses de claque, qui viennent de terminer leur routine, les voient courir à toutes jambes.

— Qu'est-ce qui se passe, les petits? demande l'une d'elles.

— On-on-on a vu un f-f-antôme! crie Georges.

— C'est v-v-vrai! dit Harold. Il était près des c-c-casiers!

Les filles ont l'air effrayées.

— À quoi ressemblait-il?

— Il était invisible, dit Georges. Mais il a laissé des traînées d'ectoplasme mousseux blanc derrière lui.

Les filles se mettent à crier. Elles sont terrifiées, mais elles sont aussi curieuses.

Tremblantes et blotties l'une contre l'autre, elles entrent dans l'école sur la pointe des pieds. Tout paraît normal, mais elles poussent quand même de petits cris. L'une d'elles appuie sur le bouton de la fontaine, et elles se mettent à hurler en voyant l'eau gicler.

— Qu'est-ce qui se passe? demande Bruno, qui vient d'arriver de son entraînement avec ses copains.

Les meneuses de claque crient de plus belle.

— Il-il-il y a un fantôme! lance une des filles. Des petits enfants l'ont vu! Il a laissé des traînées d'ectoplasme partout.

— C'est ridicule! dit Bruno. Les fantômes n'existent pas!

Ses copains et lui rient d'un air moqueur en déverrouillant leurs casiers.

Soudain, quatre vagues de mousse à raser blanche se déversent dans le couloir.

— DE L'ECTOPLASME MOUSSEUX! crient les meneuses de claque avant de s'enfuir en hurlant.

— *Ectoplasme*? répète Ben. J'en ai entendu parler. C'est du *jus de fantôme*!

— J'ai du *jus de fantôme* sur mon pantalon? gémit Ludo avant d'éclater en sanglots.

— ENLEVEZ-LE! ENLEVEZ-LE! crie Fred, qui sautille sur place en essuyant frénétiquement la mousse sur ses jambes. *JE DÉTESTE LE JUS DE FANTÔME!*

— LES FANTÔMES N'EXISTENT PAS! répète Bruno, mais en vain.

Ludo, Ben et Fred claquent la porte de leur casier et tentent de s'enfuir en glissant dans l'ectoplasme blanchâtre et mousseux. Les trois garçons terrifiés se précipitent dans l'escalier, en trébuchant et en se bousculant pour parvenir à la porte en premier.

Bruno ne sait plus quoi faire. Il se jette par terre au milieu du couloir et se roule en boule.

— *ONCLE ABÉLAAARD*! crie-t-il d'une voix chevrotante.

Comme d'habitude, M. Bougon arrive en courant.

Boum! Boum! Boum! Boum! Boum!

— Quoi? Qu'est-ce qu'il y a? crie le directeur.

Bruno lui montre l'ectoplasme et lui raconte toute l'histoire.

— FOUTAISES! s'écrie M. Bougon. Ce n'est pas de l'ectoplasme, mais de la mousse à raser! J'utilise moi-même cette marque!

— De la mousse à raser? dit Bruno. M-m-mais... comment est-elle entrée dans nos casiers?

— Quelqu'un l'a sûrement aspergée par les fentes d'aération, dit son oncle. C'est le plus vieux truc du monde!

Bruno examine les fentes de la porte. Son expression effrayée fait soudain place à une grimace venimeuse. Maintenant, Bruno est VRAIMENT fâché.

CHAPITRE 25

JEUDI APRÈS-MIDI

De retour de l'école, Georges et Harold écrivent et illustrent un nouvel album de bandes dessinées. Quand ils ont fini, ils numérisent chaque page et impriment quatre copies sur l'imprimante d'Harold.

L'album de bandes dessinées doit avoir l'air très ancien. Georges et Harold apportent donc un grand bol à l'extérieur et le remplissent d'eau. Harold ajoute deux poignées de terre et huit cuillerées de café instantané. Georges déchire soigneusement les bordures des pages, puis les chiffonne en petites boules qu'il trempe dans l'eau boueuse.

Quand toutes les pages sont imbibées, les deux amis les suspendent dans le garage pour les faire sécher.

— Que faites-vous là? demande la mère d'Harold.

— C'est pour l'école, répond Harold.

— Oh, dit sa mère.

Les deux garçons rentrent dans la maison.

— Maintenant, commandons des pizzas, déclare Georges.

— *Des pizzas*? réplique Harold. Pourquoi? Bruno va juste nous les voler!

— J'y compte bien, dit Georges avec un sourire malin.

Il prend le téléphone et parle au gérant du Palais de la pizza.

— J'aimerais commander quatre pizzas pour demain, dit-il. Quelle sorte de piment est le plus fort? Du piment *fantôme*? Hum. Pouvez-vous en mettre une *double* quantité sur chaque pizza? Super!

Une fois que les pizzas sont commandées, il est temps de couper les cheveux de Georges. Harold va dans le placard prendre les ciseaux et la tondeuse que sa mère utilise pour lui couper les cheveux. Harold n'a jamais fait cela, mais il est prêt à tenter l'expérience.

— Tu n'as qu'à aplatir le haut de mes cheveux, dit Georges. Comme ça, ils ne dépasseront pas du pantalon!

— Je vais essayer, dit Harold.

Harold coupe, tond, taille et rase. Quand il a fini, Georges s'admire dans le miroir.

— Ça me va TRÈS BIEN! s'exclame-t-il. À partir de maintenant, je garderai toujours mes cheveux comme ça.

Et c'est ce qu'il fera.

CHAPITRE 26

BRUNO EST VRAIMENT, VRAIMENT FÂCHÉ...

Le lendemain matin, les pages de la BD sont assez sèches pour être agrafées. Georges les saupoudre de poudre pour bébé pour leur donner une apparence poussiéreuse et préhistorique.

— Wow, dit Harold. On dirait que cette BD date des années 1980!

Le vendredi est la pire de toutes les journées d'école. Toute la semaine, Georges et Harold ont tenté d'améliorer la situation de leurs camarades de maternelle, mais ils n'ont réussi qu'à transformer Bruno et ses acolytes en MONSTRES.

Bruno a expliqué le tour de la crème à raser à ses amis, et maintenant, ils sont très, très fâchés, eux aussi. Les quatre tyrans savent que quelqu'un se moque d'eux, et ils ont l'intention de rendre la vie des élèves de maternelle intolérable jusqu'à ce qu'ils découvrent qui est le coupable.

— Hé! Il manque la moitié de l'argent! lance Bruno à Damien Crevier, le premier élève de maternelle qui arrive à l'école.

— Je-je croyais que tu avais dit le *double*, proteste Damien.

— Oui, mais les taxes viennent de *quadrupler*, dit Bruno. Et ça va rester comme ça tant que je ne saurai pas qui se moque de moi!

— J-j-je ne sais pas c'est qui, bafouille Damien.

— Tu ferais mieux de le trouver, grogne Bruno. Sinon, je vais arrêter d'être gentil avec vous, les morpions!

Il empoche l'argent de Damien pendant que ses copains lui administrent le pire tire-bobettes de sa vie.

— Tu me dois encore de l'argent! crie Bruno. Apporte-le lundi, sinon tu vas regretter d'être né!

Le reste des élèves de maternelle reçoivent le même traitement en essayant d'entrer dans l'école. Malheureusement pour eux, personne ne sait qui joue de vilains tours à Bruno et ses amis.

À midi, le livreur du Palais de la pizza se présente.

— Hé! crie Bruno. Pourquoi y a-t-il seulement quatre pizzas?

— C'est tout ce que M. Calson a commandé, dit le livreur.

— Quel *radin!* réplique Bruno. Bon, donnez-moi ça!

— D'accord, mais je te préviens, dit le livreur. Ça peut brûler!

— Tant mieux! dit Bruno. Je n'aime pas la pizza froide!

Bruno arrache les pizzas des mains du livreur et se dirige vers la cafétéria avec ses copains. Ils ouvrent la porte d'un coup de pied et s'approchent de la table de la maternelle.

— Miam! dit Bruno aux enfants affamés. Regardez la bonne pizza! Je parie que vous avez *faim*! Comme c'est triste!

Les quatre brutes prennent une grosse pointe de pizza et se l'enfournent dans la bouche. Ils sourient méchamment en mâchant la bouche ouverte, laissant voir une dégoûtante bouillie pâteuse et luisante.

— Ouf! Cette pizza est épicée! dit Fred en avalant et en essuyant la sueur sur son front.

— Ouais, renchérit Ludo. Elle est *très* ÉPICÉE!

— *Aïe! Aïïïe! Ayoye!* s'écrie Bruno. Cette pizza est BEAUCOUP TROP ÉPICÉE!

— ÇA BRÛLE! ÇA BRÛLE! gémit Ben. *Ooooh! Oooooooh!*

Il tire la langue et essaie de souffler dessus.

Soudain, le sourire exagéré des quatre brutes cède la place à une expression horrifiée. Les yeux écarquillés, ils s'empressent de s'essuyer la langue avec leurs mains crasseuses, mais il est trop tard. Le piment fantôme a déjà fait ses ravages. Bruno et ses copains terrifiés se précipitent sur la fontaine en agitant les bras et en glapissant comme des hyènes affolées. Ils se poussent et se bousculent dans leurs efforts désespérés pour arroser leur langue d'eau froide.

Bruno n'a pas beaucoup de succès à la fontaine et se tourne vers la table des berlingots de lait. Il se met à ouvrir fébrilement les petits contenants un après l'autre et à s'asperger la figure de lait. Ses amis le suivent en se donnant des coups de pied et des coups de coude. Ils déchirent les berlingots avec leurs dents et vident le contenu dans leur bouche en feu.

Quand les berlingots sont vides, les quatre brutes se jettent par terre en grognant et en appelant leurs mères, puis se mettent à lécher le lait qui a été renversé durant leur frénésie lactée. Toute la scène est filmée par une vingtaine de jeunes sur leurs téléphones cellulaires. Les vidéos embarrassantes sont déjà affichées en ligne quand la période du midi s'achève.

Les quatre grands brûlés passent les deux heures suivantes à l'infirmerie, en pleurant comme des bébés, un sac de glace sur la langue.

Ils commencent à se sentir un peu mieux quand la journée d'école finit et que l'entraînement de lutte est sur le point de commencer.

CHAPITRE 27

UNE ARAIGNÉE DANS LE PLAFOND

Quand la dernière cloche sonne, Georges et Harold se rendent à leur cabinet de toilette secret où ils prennent deux bocaux à confiture vides. Puis ils se dirigent vers la remise du concierge.

Il y a toujours une tonne d'araignées là-bas, et les deux garçons s'efforcent d'en capturer le plus possible.

— Dépêchons-nous, dit Georges. On dirait qu'il va pleuvoir.

Lorsqu'ils ont attrapé une vingtaine d'araignées chacun, ils courent jusqu'aux casiers.

Harold insère le bout d'une feuille de papier dans une fente d'aération du casier de Bruno. Georges ouvre son bocal et saupoudre quelques araignées sur le papier, pendant qu'Harold souffle doucement dessus. Une dizaine d'araignées glissent sur le papier et disparaissent dans les profondeurs sombres du casier. Les garçons font la même chose avec les casiers de Ludo, de Ben et de Fred, y faisant entrer un assortiment de bêtes à huit pattes par les fentes d'aération.

Georges et Harold savent qu'une araignée met environ une heure à tisser sa toile. Ils regardent l'horloge sur le mur et voient qu'il reste seulement 44 minutes avant la fin de l'entraînement de lutte.

— J'espère que ces araignées sont rapides! dit Harold.

— Nous aussi, nous devons être rapides, dit Georges. Il reste beaucoup de choses à faire.

Ils vont chercher leur matériel et se faufilent dans le vestiaire du gymnase. Harold trouve le déodorant de Bruno, enlève le capuchon et tourne la molette pour faire sortir le bâton du contenant. Georges le détache et le jette à la poubelle.

Il ouvre ensuite une boîte de fromage à la crème au piment jalapeno et en remplit le contenant de déodorant.

Quand le contenant de plastique est plein, Harold façonne le fromage en forme de bâton, puis remet le capuchon.

Georges replace le contenant près du savon et de la serviette de Bruno. Pendant ce temps, Harold sort le déodorant de Ludo. En trente minutes, Georges et Harold ont transformé les bâtons de déodorant des quatre brutes en applicateurs de fromage à la crème au piment.

Quand tout est remis en place, les deux amis retournent à leur cabinet de toilette secret. Le temps presse.

Georges monte sur les échasses pendant qu'Harold prend les albums de BD vieillis et un walkie-talkie. Ils se faufilent jusqu'aux casiers et se mettent au travail.

Harold glisse un album de BD dans chacun des casiers de leurs ennemis. Georges dépose le walkie-talkie sur le dessus des casiers après avoir réglé le volume au maximum. Ils terminent juste au moment où l'entraînement de lutte prend fin.

Dehors, le ciel se couvre de nuages noirs et on entend un grondement de tonnerre au loin. Une gros orage approche.

Entre-temps, au vestiaire du gymnase, Bruno et ses amis se changent et appliquent du déodorant. Quand ils retournent à leurs casiers, des éclairs sillonnent le ciel à l'extérieur, illuminant les fenêtres de l'école d'une lueur fluorescente.

Les quatre voyous déverrouillent leur casier juste au moment où un coup de tonnerre assourdissant fait trembler les couloirs de l'école.

BANG!

Les tyrans terrorisés contemplent d'un air éberlué leurs casiers tapissés de toiles d'araignées.

Ludo, qui a une véritable phobie des araignées, est le premier à piquer une crise de panique.

— LES CASIERS S-S-SONT HANTÉS! D-D-DES ARAIGNÉES! bredouille-t-il pendant qu'un coup de tonnerre retentissant secoue l'école.

Les quatre acolytes hurlent de terreur.

Ludo pète les plombs. Il agite les mains frénétiquement et se dandine en levant un genou après l'autre.

— Il faut partir d'ici, les gars! sanglote-t-il. Sérieusement, partons! SÉRIEUSEMENT, LES GARS! Venez! LES GARS!

— Une minute, dit Bruno. Hé, qu'est-ce que c'est?

Il plonge soigneusement la main dans son casier plein de toiles d'araignées et en sort un album de b.d. jauni.

— Je ne sais pas, dit Fred. Moi aussi, j'en ai un.

— Moi aussi, ajoute Ben.

Ludo voudrait leur dire qu'il en a un, lui aussi, mais il est trop paniqué pour parler. Tout ce qu'il parvient à faire, c'est émettre de petits cris aigus en sautillant et en tressautant convulsivement comme un poulet dément.

Bruno ouvre l'ancienne BD et commence à la lire à haute voix pendant que le tonnerre gronde en arrière-plan.

CHAPITRE 28

La malédiction de Gaston Calson (histoire vraie)

Il était une fois il y a
super lontan un gars de maternelle
aplé Gaston Calson.
C'est moi!
Il se faisait toujours
ambèter par des brutes!!!
ha
ha
ha
Ils lui faisaient
des tire-bobettes
Ayoye!

Ils volaient son argent ossi
pas juste
Un jour, il n'en pouvait plus
voillante
Il est allé voir une voillante.

Elle a regardé dans sa boule de kristal
je vois que tu es triste

J'en ai assez des tire-bobettes!

Je vais te donner une possion magik.
Mais elle avait oublié ses lunettes
possions
magik
Elle a pris la movèse bouteille
possion vaudou
possion tire-bobettes
possion frotte-crâne
possion taloches
possion rejet
possion taxage
possion jambettes
possion bines
possion tabassage
possion mokries
Verse ça sur ton pantalon avant ton prochain tire-bobettes et tout ira bien
Oura

Le lendemain, les méchans sont arrivés.
C'est l'heure du tire-bobettes!
non!
Gaston a versé la possion sur son pantalon
Mais...
oh non
SSSSSSS
SS
Le pantalon a disseparu.

Le pantalon de Gaston Calson est devenu un fantôme!
Mais personne n'avait peurre
Ha Ha Ha Ha Ha Ha Ha Ha Ha
Ha Ha Ha Ho Ha
Gaston était telment tout nu qu'il est mort de honte
Adieu monde cruelle
Ha Ha Ha Ha
CLONK

Ce soir-là, le pantalon hanté est revenu... se venger
Il a suivi le premier tyran après l'école
J'sais pas pourquoi, je veux jouer à la poupée
C'est une malédiction, mon garçon
brigadier
arrêt
Le pantalon hanté s'est approché de plus en plus proche
(extoplasme mousseux)

Je suis le pantalon hanté de Gaston Calson!
Yaaaa!
Ça, c'est pour les tire-bobettes!
crouche crouche
Puis le pantalon est allé chez l'autre brute

Pourquoi la bouffe est piquante toutacou?
C'est passe que tu es ensorcelé, fisse.
feu
Je suis le pantalon hanté de Gaston Calson!
CRAC
Yaaaa
Ça, c'est pour le vol d'argent!

Il ai allé
à la maison
du troisième
tiran
Pourquoi
mes aisselles
brûlent?
C'est
passe que tu
es victime
de vaudou
miaou
Je suis le pantalon hanté
de Gaston Calson!
Yaaa
Tu vois?
CRAC

crouche
crouche
Ça, c'est pour les petits de maternelle!
sss
Quand Gaston Calson a été vengé, son pantalon a retrouvé la paix. Mais gare à ceux qui embêtent les enfants de maternelle...
Ne me faites pas revenir!
RIP

SESCION BONI

Comment savoir
si tu es ensorcelé :

1. Tu agis de manière bizard
2. Tu veux jouer avec des poupées, des robes et des brasselets
3. Tes trucs sont couverts d'extoplasme (et d'araignées)
4. La pizza goûte mauvais et super épissé
5. Tes dessous de bras brûlent

Comment annuler la malédiction :

Tu dois effacer toutes
tes méchanssetés et ne plus
jamais ambêter personne.

CHAPITRE 29

ORAGE AU BON MOMENT

Il commence à faire noir et l'orage s'intensifie dehors.

Les genoux flageolants, les quatre garçons regardent la vieille BD poussiéreuse que Bruno tient dans ses mains tremblantes. Ils sont bouche bée de stupeur, mais sont trop effrayés pour bouger.

Finalement, Fred se met à gratter fébrilement ses aisselles trempées de sueur.

— Les gars! bafouille-t-il. On est foutus! C'est *FINI!* Tout est FINI!

Ben éclate en sanglots.

— Mes *dessous de bras* brûlent! gémit-il. Je crois que je suis *ensorcelé*!

— M-m-moi aussi, dit Ludo en pleurant.

Bruno regarde les yeux pleins de larmes de ses amis. Ses aisselles brûlent aussi, mais il a trop peur pour l'admettre.

Soudain, un coup de tonnerre assourdissant fait trembler les murs. Les ampoules vacillent à deux reprises. Les quatre amis se blottissent les uns contre les autres en sanglotant de façon incontrôlable.

Cachés dans les toilettes, Georges et Harold peuvent entendre leurs ennemis jurés crier dans le couloir. Les deux copains tentent de réprimer leurs fous rires. Ils savent que s'ils se mettent à rire, ils ne pourront plus s'arrêter. Harold prend le walkie-talkie et appuie sur le bouton de transmission.

Le walkie-talkie posé sur les casiers émet un bruit de friture :

— *Je suis le pantalon hanté de Gaston Calson*! chuchote Harold dans le mini haut-parleur.

— HÉ! crie Bruno. AVEZ-V-V-VOUS ENTENDU ÇA?

— *Je vais venir te chercheeeeeer*, poursuit Harold.

— Non! Non! Non! Non! Non! NOOOOOON! hurle Ludo.

Il se met à décrire des cercles et (pour une raison mystérieuse) à se frapper la tête avec ses poings.

Des éclairs illuminent les fenêtres et le tonnerre fait trembler le plancher. Les quatre vilains perdent complètement les pédales. Ben se jette par terre et se roule en boule en appelant sa maman pour qu'elle vienne le sauver.

— L-L-LAISSE-NOUS TRANQUILLE! hurle Bruno en donnant des coups de poing dans les airs. ON S'EXCUSE, O.K.?

M. Bougon est au milieu d'une réunion à l'autre bout de l'édifice quand il entend des cris.

— On dirait que Bruno capote encore, grogne-t-il en donnant un coup de poing sur la table. Je vais aller régler ça.

Il se lève et sort de la pièce d'un pas lourd.

Bruno et ses amis entendent le martèlement de ses pas à l'autre bout de l'école.

Boum! ***Boum!*** **Boum!** ***Boum!*** **Boum!** ***Boum!*** **Boum!** ***Boum!***

Les pas résonnent de plus en plus fort et se rapprochent de plus en plus.

— Cachons-nous dans les toilettes! crie Ludo à travers ses larmes.

Aussitôt, les quatre brutes paniquées se précipitent vers la porte.

Dans les toilettes, Georges et Harold sont en train de préparer la dernière étape de leur plan. Harold tient les échasses pendant que Georges remonte le pantalon par-dessus sa tête. Les deux garçons ne se doutent pas qu'ils sont sur le point d'être démasqués.

— Je ne vois rien, dit Georges.

— Attends, dit Harold. Laisse-moi...

Soudain, la porte des toilettes s'ouvre violemment et les quatre tyrans entrent en trébuchant. Ils voient Harold qui tient un pantalon géant. Des éclairs transpercent les nuages sombres et tout le monde se fige. Les pas sonores se rapprochent dangereusement.

Boum! ***Boum!*** **Boum!** ***Boum!*** **Boum!** ***Boum!*** **Boum!** ***Boum!***

— Que f-f-fais-tu avec ce pantalon, le petit? crie Bruno.

Harold ne sait pas quoi répondre. Les choses n'étaient pas censées se passer ainsi. Ils ne sont pas prêts. Pendant une fraction de seconde, Harold voit sa vie entière se dérouler sous ses yeux. Georges et lui vont se faire prendre. Leur vie va se terminer. Les pas dans le couloir résonnent de plus en plus fort.

Boum! ***Boum!*** **Boum!** ***Boum!***
Boum! ***Boum!***

Georges sait qu'ils sont dans le pétrin. Il ne peut rien voir, mais il saisit tout de même les échasses et fait un pas chancelant en avant. Pour les quatre brutes, le pantalon semble marcher tout seul. Ils s'étreignent mutuellement en poussant des cris d'horreur.

— Éloigne-toi de ce pantalon, le petit! ÉLOIGNE-TOI! crie Ben.

Tout à coup, comme si un ange lui avait soufflé la solution, Harold trouve la réponse parfaite.

— Quel pantalon? demande-t-il.

BOUM!

Soudain, le temps semble s'arrêter.

BOUM!

Les quatre brutes reculent jusqu'au mur.

BOUM!

Leurs yeux s'écarquillent d'horreur.

BOUM!

Ils ouvrent la bouche pour crier...

BOUM!

... mais aucun son n'en sort.

BOUM!

Georges fait un autre pas dans leur direction...

BOUM!

... pendant qu'ils agrippent le mur derrière eux.

BOUM!

Un autre éclair sillonne le ciel...

... et tout devient noir.

La tempête a fait tomber un fil électrique non loin de là, et l'école privée d'électricité est plongée dans le noir. Bruno et ses amis se piétinent et se bousculent pour trouver la sortie.

M. Bougon est leur prochain obstacle. Il a finalement atteint les casiers quand les lumières se sont éteintes. Ses pas éléphantesques se sont arrêtés. Immobile dans les ténèbres, il respire bruyamment et transpire abondamment.

Quand les quatre délinquants surgissent des toilettes et se précipitent en hurlant dans le couloir sombre, ils le heurtent de plein fouet.

Personne ne peut leur reprocher ce qu'ils font ensuite. Dans leur état de trouble profond et de choc intense, ils doivent croire que M. Bougon est une espèce de monstre dodu, géant et humide — et le traitent en conséquence. Ils flanquent une raclée à la créature chaude, humide et bulbeuse en y mettant toute leur énergie.

Les quatre délinquants en détresse dévalent l'escalier et sortent par la porte arrière. Pendant qu'ils traversent le terrain de football et courent vers leurs maisons, quelque chose change chez Bruno, Ludo, Ben et Fred. Ils ne seront plus jamais les ignobles brutes qu'ils étaient auparavant.

CHAPITRE 30

UNE FIN HEUREUSE, JOYEUSE, INCROYABLEMENT MERVEILLEUSE

Lundi matin, Damien Crevier vit un moment angoissant. Il n'a pas réussi à amasser l'argent qu'il doit à Bruno. Il essaie donc de se faufiler dans l'école par la porte arrière sans se faire remarquer. Bruno l'aperçoit.

— Hé, le petit! crie-t-il. Attends! J'ai quelque chose pour toi!

Damien tire sur la poignée de la porte, mais elle est verrouillée. Il continue de tirer pendant que Bruno s'approche.

— J'ai de l'argent pour toi, dit Bruno d'un ton nerveux.

Il plonge la main dans sa poche et lui tend un billet de cinq dollars tout froissé.

Damien arrête de tirer sur la poignée et regarde le billet dans la main de Bruno.

— Est-ce que c'est une blague? demande-t-il.

— Non, dit Bruno. Je suis désolé d'avoir pris ton argent, le petit. Je vais te rembourser chaque dollar que je te dois dès que je pourrai. D'accord?

— Hum, dit Damien. D'accord.

Il prend le billet et court vers l'avant de l'école. Finalement, la journée s'avère TRÈS différente de ce à quoi il s'attendait.

Sur le terrain de l'école, les autres élèves de maternelle vivent des expériences similaires.

Fred ne se contente pas de distribuer de l'argent aux élèves. Il leur propose aussi de transporter leur sac à dos. Ben leur offre de l'argent et de la gomme à bulles. Quant à Ludo, il laisse les petits lui administrer des tire-bobettes à volonté.

Bruno et ses trois copains finissent par rembourser tout l'argent qu'ils ont volé et n'intimident plus personne pour le reste de leur vie.

Quand Georges et Harold sont certains que leurs ennemis se sont amendés, ils annulent la terrible malédiction de Gaston Calson. Le courroux vengeur du fantôme s'étant calmé, la paix règne et tout va pour le mieux dans le meilleur des mondes.

J'aimerais te dire que c'est la fin de notre histoire. Je le voudrais vraiment — mais je ne peux pas. Parce que cette fin heureuse, joyeuse, incroyablement merveilleuse est ce qui était *censé* arriver... mais pas ce qui s'est *réellement* produit.

Tu te souviens, au chapitre 8, quand Fifi Ti-Père combattait le capitaine Bobette et qu'il a accidentellement gelé ses robo-jambes géantes sur le terrain de football de l'école? Comme nous l'avons vu, Fifi s'est sorti de ce pétrin en se projetant cinq années plus tôt dans le temps.

Maintenant, voyons si tu peux deviner de quel jour exactement il s'agissait *cinq années plus tôt*. Si tu crois que c'est le jour du terrible orage qui a changé pour toujours la vie de Bruno et de ses acolytes, tu as raison.

Malheureusement, en raison d'une tragique coïncidence, Fifi recule dans le temps avec son Panta-Robo au moment même où Bruno et ses copains traversent le terrain de football en direction de leurs maisons.

Le voyage dans le temps téméraire de Fifi, faisant fi de la sage circonspection du paradoxe de la tarte à la banane, va provoquer un petit changement en apparence insignifiant. Et ce tout petit, minuscule changement finira par anéantir tout espoir d'avenir pour notre civilisation.

Même si je n'ai pas envie de le faire, revenons dans le couloir sombre de cette soirée de tempête fatidique pour découvrir ce qui s'est RÉELLEMENT passé.

Les quatre délinquants en détresse dévalent l'escalier et sortent par la porte arrière. Pendant qu'ils traversent le terrain de football et courent vers leurs maisons, quelque chose change chez Bruno, Ludo, Ben et Fred. Ils ne seront plus jamais les ignobles brutes qu'ils étaient auparavant.

CHAPITRE 31

UNE FIN TERRIBLE, PÉNIBLE, INCROYABLEMENT HORRIBLE

Soudain, une boule de foudre bleutée apparaît devant eux. Elle grossit, grossit, jusqu'à exploser dans une salve d'éclairs aveuglants.

À l'endroit où se trouvait la boule de foudre se tient maintenant un pantalon robotique géant.

— Fiou! Je l'ai échappé belle! dit Fifi à l'intérieur du Panta-Robo. Le capitaine Bobette est beaucoup plus fort que je pensais!

Il baisse la fermeture éclair de son pantalon temporel pour observer le monde d'il y a cinq ans. Il voit la violente tempête et les quatre élèves de sixième année qui se tiennent en tremblant devant ses pieds robotiques géants.

— Hé! crie Fifi. Quel est votre problème, les jeunes? On dirait que vous avez vu un fantôme!

— C'EST-C'EST-C'EST LE P-P-PANTALON HANTÉ DE GASTON CALSON! crie Fred en montrant du doigt l'énorme silhouette sombre.

Les quatre garçons poussent des cris si aigus que seuls les chiens peuvent les entendre.

Ce qui se passe ensuite est ce que les psychologues appellent communément « pétage de plombs intempestif ».

Les quatre élèves de sixième année tombent à genoux, secoués de spasmes, et se mettent à bredouiller de façon incompréhensible pendant que leur esprit fragile commence à se fêler.

— B-b-bouba bobba obba-obba oua-oua! crie Bruno en se frappant frénétiquement la figure.

Ben arrache ses vêtements et se met à danser le houla-hoop en chantant *La danse des canards* à tue-tête.

Ludo creuse un trou dans la pelouse avec ses dents et avale d'énormes bouchées de terre et de vers. Et le pauvre Fred rit comme un maniaque en se frappant la tête sur le sol encore et encore et encore et encore.

MAIN GAUCHE

LES BRUTES PERDENT LES PÉDALES

POUCE DROIT

LES BRUTES PERDENT LES PÉDALES

— Wow! dit Fifi. Les enfants étaient bizarres, il y a cinq ans!

Il règle les commandes de son Fifi-omètre temporel à « Quatre années plus tard » et appuie sur le bouton « On y va! ».

Une pluie d'éclairs bleutés jaillit du Panta-Robo. Plusieurs effets spéciaux plus tard, un éclair aveuglant illumine le ciel, et Fifi et son pantalon robotique disparaissent.

Le lendemain, les quatre garçons perturbés sont hospitalisés à la Maison de repos Zinzin pour personnes déconnectées de la réalité. Une enquête sur leur traumatisme mental conduit la police tout droit à M. Bougon, dont le corps meurtri et éraflé éveille les soupçons. Les policiers en déduisent que M. Bougon est derrière toute cette histoire démentielle.

Même si aucune accusation formelle n'est portée contre M. Bougon, tout le monde le considère responsable. Il se fait mettre à la porte quelques semaines plus tard et ne travaillera plus jamais comme directeur d'école.

CHAPITRE 32

QUATRE ANS PLUS TARD...

Quatre ans plus tard, une énorme sphère bleutée apparaît dans ce qui était autrefois un terrain de football d'école primaire. La sphère explose dans un jaillissement d'éclairs aveuglants, faisant apparaître Fifi et son gigantesque Panta-Robo.

Fifi regarde par la braguette et découvre que la Terre a été détruite.

Il sort de son pantalon robotique et erre dans la ville en ruine pour inspecter le chaos. Autour de lui, le paysage est parsemé de gros rochers lunaires, de gratte-ciel squelettiques et de toilettes arrachées.

— Que diable s'est-il passé ici? s'écrie-t-il.

Quand le soleil matinal se lève à l'horizon, Fifi aperçoit enfin un signe de vie. Un élève de maternelle marche sur un boulevard en flammes avec sa mère.

— Hé, le petit! crie Fifi. Que s'est-il passé ici? Comment la Terre a-t-elle été détruite?

— Eh bien, dit le petit garçon, il y a quelques semaines, un type avec une couche a fait sauter la Lune et a essayé de conquérir la Terre. Puis, la semaine suivante, un groupe de toilettes parlantes a attaqué la ville et l'a bouffée. Une semaine après, un vaisseau spatial a atterri sur le toit de l'école et tous les enfants ont été transformés en vilains zombies abrutis géants!

— Tu es vraiment obsédé par ces idioties! dit sa mère.

— Et le capitaine Bobette?

— Qui? demande le garçon.

— Le gros superhéros chauve, répond Fifi. Tu sais, le type avec des bobettes et une cape rouge? Que lui est-il arrivé?

— Je n'ai jamais vu personne qui ressemblait à ça, dit le petit garçon

Soudain, Fifi comprend la terrible erreur qu'il a commise. Sans le vouloir, il a changé des choses dans le passé, ce qui a entraîné la destruction du capitaine Bobette ET de la Terre.

— Je dois retourner en arrière pour effacer ce que j'ai fait, s'exclame-t-il. Je dois reculer dans le temps pour SAUVER le capitaine Bobette! Vite, le petit! Dis-moi tout ce que tu sais sur ces vilains zombies!

— Ils sont très forts, dit le petit garçon. Et ils sont très puissants.

— Oui, oui, dit Fifi, et quoi d'*autre*?

— *Ils sont juste derrière vous*! dit le garçon.

Fifi se retourne et lève les yeux. Derrière lui se trouvent deux des plus énormes et diaboliques vilains zombies qu'on ait jamais vus.

L'un des zombies lève son pied au-dessus de la tête de Fifi.

— NOOOOOOON! crie Fifi. Vous ne pouvez pas me tuer! Je suis le seul espoir que le monde revienne à la normale!

CHAPITRE 33
EN BREF
SPLACH!!!

CHAPITRE 34

LA FIN (DU MONDE TEL QU'ON LE CONNAÎT)

Quand le vilain zombie abruti lève son pied de nouveau, tout ce qui reste est une tache rouge visqueuse.

Et ceci, cher lecteur, est la malheureuse fin de la saga du capitaine Bobette.

Le docteur Couche a fait sauter la Lune, les toilettes parlantes ont détruit la ville et les vilains zombies ont conquis la Terre. Le capitaine Bobette n'était pas là pour sauver le monde, puisque M. Bougon n'était pas là pour se faire hypnotiser par Georges et Harold.

Toutes les aventures épiques que nous avons connues et appréciées ne se sont jamais produites. Et maintenant, le seul espoir de remettre les choses comme avant vient de se faire anéantir.

C'est avec une grande tristesse que je dois te le dire : il s'agit du chapitre final du dernier roman épique du capitaine Bobette. Il n'y aura plus d'aventures du capitaine Bobette...

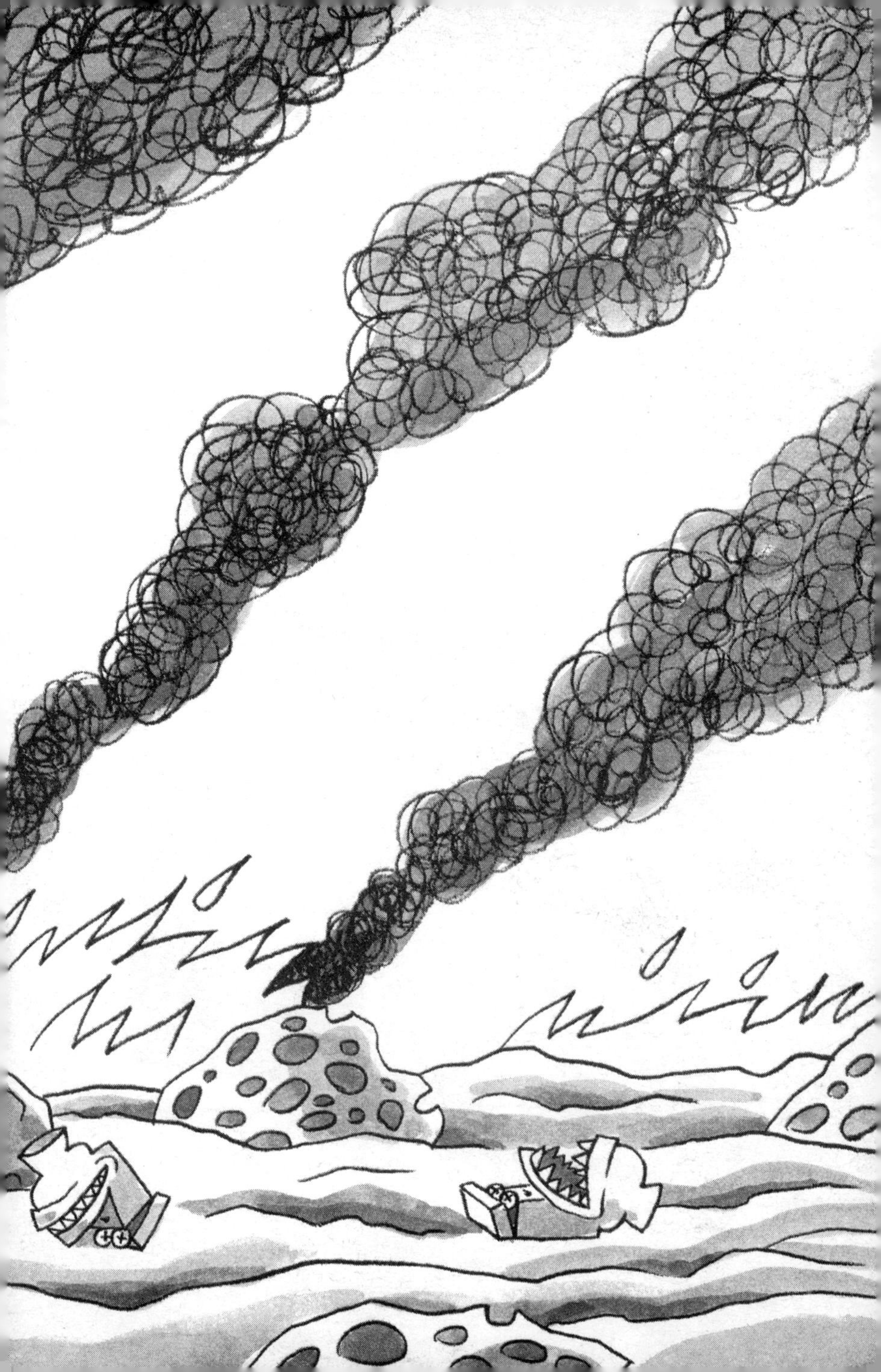

... à part celle-ci :

Oh non!
Et v'là que ça recommence!
NE RATEZ PAS
L'ULTIME ROMAN ÉPIQUE
DE LA SAGA DU
CAPITAINE BOBETTE!

AS-TU LU UN LIVRE DU CAPITAINE BOBETTE AUJOURD'HUI?